民俗上海

徐汇卷

民俗上海
Folk Custom of Shanghai:Xuhui

总主编 尹继佐

本卷主编 章卫民 吴秋珍

本卷副主编 宋浩杰 黄树林

上海文化出版社

如果从考古学上的马家浜文化算起，上海迄今有六千年的历史；如果从唐朝天宝十年（751）置华亭县算起，上海有一千三百多年的历史；如果从元朝至元二十八年（1291）置县算起，上海有七百多年的历史；如果从1843年开埠算起，上海也有一百六十多年的历史了。

在这绵延的历史中，由于"僻处海奥"，繁衍于上海这块土地上的先民们在创造日渐丰裕的物质生活的过程中，孕育了富有个性的丰富多彩的民俗文化。明正德《松江府志》称："诸州外县多朴质，附郭多繁华，吾松则反是，盖东北五乡故为海商驰骛之地，而其南纯事耕织，故所习不同如此。大率府城之俗，谨绳墨，畏清议，而其流也失之隘；上海之俗喜事功，尚意气，而其流也失之夸。""东北五乡"，即上海县辖境。这就是说，至迟到明代正德年间在时人的心目中上海民俗文化已显示出自己独特的个性。

总序

尹继佐

民俗文化由长久的历史积淀而成，是与居民生活密切相关的衣食住行、礼仪、信仰、风尚、娱乐等民间风俗习惯的总和。它蕴藏于普通老百姓中间，与千百万人的日常生活浑然一体，并在社会变迁过程中表现为一种无意识的力量。所以，黄遵宪曾说："风俗之端，始于至微，抟之而无物，察之而无形，听之而无声；然一二人倡之，千百人合之，人与人相接，人与人相续，又踵而行之，及其既成，虽其极陋其弊者，举国之人，习以为常；上智所不能察，大力所不能挽，严刑峻法所不能变。"又说："礼也者，非从天降，非从地出，因人情而为之者也。人情者何？习惯也。川岳分区，风气间阻，此因其所习，彼因其所习，日增月益，各行其道。习惯既久，至于一成而不可易，而礼与俗皆出于其中。"这两段出自《日本国志·礼俗志》的话，非常鲜明地点出了民俗文化的两大基本特性，即公共性和稳定性。

所谓公共性，是指任何一种民俗事象都不是个体的，而是特定区域人群的"共有的习惯"，因此，它具有超越个体的普遍性；所谓稳定性，则是指一种民俗事象一旦形成，就不容易改变，因此，它又具有超越时间的恒久性。正因为民俗文化具有超越个体的公共性和超越时间的稳定性，所以，它常常在社会整合、族群凝聚和身份认同等方面都扮演着非同寻常的角色。

然而，民俗文化的公共性和稳定性是建立在特定的生产方式和生活方式基础之上的，一旦这种生产方式和生活方式发生剧烈的变迁，民俗文化也会随之而发生相应的变化，不可能"一成而不可易"。清嘉庆《上海县志》称："上海故为镇时，风帆浪舶之上下，交广之途所自出，为征商计，吏鼎甲华腴之区。镇升为县，

人皆知教子乡书，江海湖乡，则倚鱼盐为业。工不出乡，商不越燕齐荆楚。男女耕织，内外有事。田家妇女，亦助农作，镇市男子，亦晓女工。嘉靖癸丑，岛夷内讧，间阎凋瘵，习俗一变。市井轻佻，十万为群，家无担石，华衣鲜履，桀黠者舞智告讦，或故杀其亲，以人命相倾陷。听者不察，素封立破。士族以奢靡争雄长，燕穷水陆，宇尽雕楼，臧获多至千指，厮养舆服，至陵轹士类，弊也极矣。"这段话说的就是上海置镇以来随社会变迁而来的民情风俗的变化。

开埠以后，受中外贸易通商的推动，上海以惊人的速度朝着近代化国际性大都市迈进。在这个过程中，上海从城市规模到市政格局，从生产力到生产关系，从社会结构到城市功能，从市民生态到市民心态，从生活方式到价值观念，无不发生了异乎往古的深刻变迁。伴随都市化的进程，以及城市社会经济的结构性转型，特别是1895年以后现代工业制造业的发展，上海的城市人口急剧增长，据统计，上海人口1852年为54.4万，1910年为108.7万，1920年为225.5万，1935年为370.2万，1949年为545.5万。在不足一百年的时间里，上海人口增长了近十倍。上海人口的这种超乎常规的惊人增长，充分显示出上海无所不包的巨大容量、吞吐吸纳的恢宏气概，以及前所未有的多样性，同时也造成了上海中外混杂、多元并存的社会情境：

> 上海真是一个万花筒。……只要是人，这里无不应有尽有，而且还要进一步，这里有的不仅是各种各色的人，同时还有这各种各色的人所构成的各式各样的区域、商店、总会、客栈、咖啡馆和他们的特殊的风俗习惯、日用百物。

> (爱狄密勒：《上海——冒险家的乐园》)

上海一隅，洵可谓一粒米中藏世界。虹口如狄思威路、蓬路、吴淞路，尽日侨，如在日本；如北四川路、武昌路、崇

明路、天潼路，尽粤人，如在广东；霞飞路西首，尽法人商肆，如在法国；小东门外洋行街，多闽人洋号，如在福建；南市内外咸瓜街，尽甬人商号，如在宁波。国内各市民、外国侨民类皆丛集于此，则谓上海为一小世界，亦无不可。

（胡祥翰编：《上海小志》卷十）

这是一个真正意义上的移民城市，据1885年至1935年的上海人口统计资料显示：上海公共租界非上海籍人口占上海总人口的80％以上；即使在上海"华界"，非上海籍人口一般亦占75％左右。1950年的上海人口，上海本地籍仅占15％，非本地籍人口占85％。就是说，移民构成了上海城市居民的主体。这些移民包括国内移民和国际移民，国内移民来自江苏、浙江、广东、安徽、山东、河北、福建、山西、云南、东三省等全国18个行省，其中以江浙移民人数最多；国际移民来自英、美、法、日、德、俄、印度、葡萄牙、意大利、奥地利、丹麦、瑞典、挪威、瑞士、比利时、荷兰、西班牙、希腊、波兰、捷克、罗马尼亚、越南等近四十个国家，最多时达15万人，其中1915年前以英国人最多，1915年后以日本人最多。不同的移民群体带来了各具特色的民俗文化，极大地丰富了上海民俗文化的内涵与外延，所以，才会有所谓"万花筒"、"小世界"之说。

与城市社会经济结构的改组、都市社会生活的确立，以及来自五湖四海的移民的汇聚相适应，在"欧风美雨"的洗礼之下，近代以来上海民俗文化发生了令人瞩目的变化。这种变化主要表现在两个方面：一是"洋俗"的东渐，受其影响，上海风俗日趋洋化，洋气弥漫；一是随着近代工商社会的形成和社会生活的变迁，上海本地风俗以及各地移民偕来的俗尚在上海都市的时空中发生了明显的嬗蜕，并逐渐形成与近代都市生活同步的都市习俗，从而为中国社会的现代变迁提供了一个先锋性的标本。"洋俗"的东渐，以及本地民俗的嬗蜕和各地移民带来的各式各样的

民俗，使上海民俗文化呈现出洋俗与土俗混杂、新俗与旧俗并存的特征。这种特征不仅体现于服饰、饮食、婚丧的嬗变之中，而且体现于年节、娱乐和时尚的日常狂欢与流行之中。多元混杂和并存，促进了不同风格，不同形式的民俗文化的互渗与交融，使上海真正成为展示全国各地的民俗文化乃至世界民俗文化的博物馆。这里展出的，既有上海根深蒂固的本地民俗文化，也有许多具有浓厚异地色彩的民俗文化，还有充满浓郁异国情调的民俗文化，真正呈现出一种海纳百川、兼收并蓄的"海派"风格。

新中国成立以后，"科学的、民主的、大众的文化"成为社会主义先进文化建设的目标和方向，这一追求迅速汇成了一股席卷全国的革故鼎新的潮流。正是在这种潮流的洗礼之下，上海民俗文化又发生了深刻的变化：一些与"科学的、民主的、大众的文化"不相符的旧陋民俗事象，诸如帮会的习俗、迷信的习俗等等销声匿迹了，而另一些过于复杂繁缛的传统民俗得到了彻底的简化。与此同时，又涌现出一大批市民喜闻乐见、内容充实、文明健康的新型民俗。这样，又使得上海民俗文化呈现出活力充沛、日新又新的特点。

"国之形质，土地人民社会工艺物产也，其精神元气则政治宗教人心风俗也"（蒋观云：《海上观云集初编》）。作为上海这座东方大都市的"精神元气"，上海民俗文化五色斑斓、底蕴深厚。它是上海城市个性的表征，也是上海城市文化的根。根深才能叶茂。但是，当今全球化已成席卷之势，原本口耳相传和习得方式传承的民俗文化正在快速式微，甚至归于泯灭，已是不争的事实。在这种背景下，如何寻到这个城市文化之根，又如何培植这个文化之根，已成为摆在我们面前的一项异常艰巨的时代课题。

正是基于这种考虑，我们组织编纂了多卷本的《民俗上海》，原则上每个区县一卷，以图文并茂的方式向世界展示上海民俗文化的瑰丽画卷，并试图通过这一努力唤起全社会对上海民俗文化的关注。

Foreword

By YIN Jizuo

The history of Shanghai, if traced to the archeological unearthings of the Majiabang Culture, is already 6000 years long; if traced to the establishment of the county administration in the 28th Year of Zhiyuan Period during the Yuan Dynasty (i.e., 1291 AD), is over 700 years long; and if traced to the opening of the port in 1843, is then over 160 years long.

Our forefathers, inhabiting in this piece of land that was for long an out-of-the-way seaside place, carved out nevertheless an increasingly plentiful material life, and created a colorful local-specific folk culture. As described in The Records of Songjiang Prefecture published in Zhengde Period of the Ming Dynasty, "The five town areas in the northeast, or areas "on the sea" (literally "Shanghai" in Chinese), show a clear distinction from other areas in terms of customs and habits. Engaged in sea-related commercial activities instead of only in farming and weaving as in their southern neighbors, people in Shanghai demonstrate an enterprising spirit in both words and deeds, rather than strictly following the tradition or succumbing to public opinions." "The five town areas in the northeast" mentioned here later on became the county, and then the city of Shanghai. This means clearly that during the Ming Dynasty at the latest, Shanghai began to exhibit a rather distinct folk culture as recognized by successive generations of observers.

As a distillation of long-time historical experiences, folk culture is a

六

sum-up of folkways related with such basic necessities of life as food, clothing, shelter and transportation, as well as rituals, beliefs, mores, entertainment, etc. Obviously, folk culture is knitted deeply and pervasively into the daily life of all living beings, and constitutes a silent but dominant force in social changes. Huang Zunxian, a modern Chinese scholar-official, is quoted as saying, "Customs may start from something extremely tiny, almost intangible and unobservable at the outset. However, quite commonly, once initiated by even a couple of leaders, they may be followed by hundreds and thousands of people. With their spread from person to person, customs, including those injurious ones, can become so established that a whole nation may practice them as something innate and natural. When entrenched in them, even the most thoughtful philosophers are not always aware of customs, and intentional activities or even penal sanctions can prove helpless in face of them." These observations have revealed to us the two fundamental features with folk culture, i.e., communality and stickiness.

By "communality", it is meant that every habit or custom is not individual-specific, but shared by a whole community in a particular locale, thus demonstrating a sense of universality. By "stickiness", it is meant that once formed, customs and habits are hard to change, therefore showing a feature of endurance. Thanks to its commonality and stickiness, folk culture invariably makes a major presence in social integration, ethnic solidarity building, identity recognition, and so on.

It should be noticed, however, that community and stickiness of folk culture are, in the final analysis, based on particular modes of production and ways of life. When such modes and ways change radically, those elements in folk culture are bound to experience certain correspondent evolution. For example, according to The Records of Shanghai County

published in Jiaqing Period of the Qing Dynasty, "When Shanghai was only a small town, various sailing boats visited the place, giving rise to business transactions and an accumulation of wealth. After the town was raised to a county status, fishing and salt-making became active trades in the coastal region, while industry and commerce developed generally alongside agriculture. The typical pattern in a household was a basic division of labor with the male doing the farm work and the female doing the spinning and weaving. When the overseas invaders came, the basic socioeconomic structure changed fundamentally, with traditional mores eroded steadily. Instead of following the callings of their parents, youngsters idled about, squandering whatever left in the family, and even engaging in criminal acts. Meanwhile, the elites in the community competed with each other in leading an extravagant life, seriously undermining the traditional social and cultural atmosphere." These remarks reflect the change in folk culture during Shanghai's early modern transformation.

After becoming an open treaty port in the mid eighteenth century, Shanghai embarked on its journey towards a modern international metropolis, chiefly driven by the booming trade between China and the outside world. This process certainly witnessed profound and far-reaching changes in the scale and role of the city, its productive forces and production relations, ways of livelihood for its dwellers, and the mindset of the ordinary people. Particularly noteworthy were the development of modern manufacturing after 1895 and the concomitant rapid growth of population. Statistics show that the population in Shanghai, only 540 thousand in 1852, doubled to 1.087 million in 1910, 2.255 million in 1920, 3.702 million in 1935, and further to 5.455 million in 1949. This means that together with industrial upgrading and economic growth, the population increased by nearly 10 times in less than one century. Such unusual population expansion

八

bespeaks unprecedented openness of the city, and implies the huge diversity thus produced. Both the Chinese and the foreigners were impressed by the pluralism found in the dynamic metropolis. In their eyes, Shanghai was really a kaleidoscope, available with all kinds of ethnic groups of both China and the world, and available with all sorts of shops, restaurants, hotels and clubs. In one word, Shanghai was the world in miniature.

The nature of Shanghai as a city of immigrants is fully revealed by its demographic statistics from 1885 to 1935. As recorded, the non-native Shanghai people took up over 80% of the population in the Public Concession of the city; even in the "Chinese Areas", generally 75% or so were non-natives. The census in 1950 shows that only 15% of the people were Shanghai natives, while 75% were non-natives. Obviously, immigrants constituted the lion's share of the population. These immigrants had come from both domestic and overseas sources. Domestic immigrants were mainly from 18 Chinese provinces, including Jiangsu, Zhejiang, Guangdong, Anhui, Shandong, Hebei, Fujian, Shanxi, Yunnan and the three northeastern provinces, with immigrants from neighboring Jiangsu and Zhejiang topping the list in terms of the number. International immigrants were from Britain, America, France, Japan, Germany, Russia, India, Portugal, Italy, Austria, Denmark, Sweden, Norway, Switzerland, Belgium, Holland, Spain, Greece, Poland, Romania, Vietnam, etc. At the peak time, there were 150,000 foreigners from approximately 40 countries living in Shanghai. The British were the predominant immigrant group before 1915, after which they were outnumbered by the Japanese. Various groups of immigrants contributed a rich mosaic of colorful lifestyles to Shanghai, greatly enriching the folk culture in the city. Hence such terms as "kaleidoscope" and "the world in miniature".

In line with the socioeconomic restructuring as well as the gathering of immigrants from diversified sources, folk culture in Shanghai experienced remarkable changes. These changes are mainly evident in two aspects. Firstly, under the influence of western powers, customs and habits in Shanghai began to be imbued with lots of foreign elements, particularly with European and American styles. Secondly, with the emergence of a business-based society, all existing folkways, whether native or foreign, came to be incorporated into one unique modern folk culture in tune with a modern urban life. Changes in these two aspects harbingered the process of modernization for China, and Shanghai was in every way a pioneer in this historical process. This overarching process, of course, involved the transformation, juxtaposition and combination of things native, Chinese, foreign as well as traditional and modern. The hybrid nature of a resultant folk culture was reflected in costumes, food, marriage and funeral ceremonies, festivals, entertainment and almost all other aspects of social life, so much as that Shanghai was truly a museum of countrywide and worldwide folk cultures. When people talk about nowadays the "Shanghai style", they just mean this all-embracing incorporation of diverse things, as shown in particular by this co-existence, cross-learning, mutual blending and hybridization of folk cultures here.

After the victory of the Communists, the so-called "scientific, democratic and mass-oriented culture" became the direction of the socialist cultural construction, inaugurating a massive wave of nationwide transformation in all walks of social life. Folk culture in Shanghai therefore became transformed once again in an in-depth manner. Certain faulty folkways like rituals in underground gangs and superstitious practices, considered to be not in tune with the new socialist culture, were eliminated, while some other folkways, now seemingly over-elaborate and redundant for a down-to-earth state and

society, were drastically simplified. In the meantime, lots of civilized and healthy folkways with substantial contents and popular with the masses became established, thus giving rise to a regenerated folk culture full of new vigor.

It is now acknowledged that folk culture, as an embodiment of politics, religion, morality as well as ways of life, is a software of a nation, just as the environment, produce, and other physical objects constitute its hardware. In this sense, the long-running, colorful and dynamic folk culture in Shanghai is the crucially important software of this metropolis, endowing it with roots, identity, and functions as well. Currently engulfed in a new wave of globalization, Shanghai can definitely continue to develop its own folk culture by accommodating to the influx of external cultures. However, a great amount of its folk culture is also being changed or even lost, including those age-old folkways that have been transmitted from mouth to mouth or from hand to hand. While not feeling sentimental about this transformation or loss, we feel it our responsibility to make a record of the folkways that were or still are an integral part of our life, believing that they are, besides giving us warm memories, also one type of resources that we and our future generations can draw upon in forging ahead.

It is guided by this belief that we have decided to compile this multi-voluminous work of Folk Culture in Shanghai, devoting in principle one volume to one district or county. We hope that the well-illustrated volumes will present to the public a multi-dimensional picture of the folk culture in Shanghai, earning not only wide interest but also thoughtful insight in this cultural topic.

总序 徐汇卷

目录

壹

徐汇区位于上海市中心城区西南部，东经120.26度，北纬31.12度。东与卢湾区毗邻，经徐浦大桥与浦东新区连接，西临虹桥经济技术开发区，南靠闵行经济技术开发区，北枕淮海中路商业街，与静安、长宁等区接壤。区境内铁路、航道、立交、高架道路纵横交错，轨道交通一号线、三号线和四号线贯通全境。徐汇区是中心城区进出松江、金山、青浦、奉贤、闵行等区的主要通道，也是通往江、浙、赣、闽、皖诸省的路陆门户。区域东西距7公里，南北距13公里，总面积54.76平方公里，其中陆地面积50.94平方公里，水域面积3.82平方公里。2007年末区境内有户籍居民32.05万户，89.18万人，人口密度为每平方米16286人，徐汇区下辖12个街道，一个镇，设居民委员会298个，村民委员会10个。

> 徐光启像

民俗,是一代代人传承、积累的结果。一方水土养一方人,从吴越文化走来的、海上最早中西文明交汇的徐汇历尽千年沧桑,在悠悠岁月的演变中,哺育了一代代的人杰才俊,积淀了丰富的人文资源和深深的民族记忆,赋予了地域独特的民俗风情。据史料记载,明末文渊阁大学士、著名科学家徐光启曾在区境内肇嘉浜和李从泾两水汇合处建农庄别业,从事农业试验和著书立说。徐光启逝世后也葬于此。他的一部分后人在此繁衍生息,因此得名"徐家"。"徐家"逐渐繁荣,成为集镇。后来,因此地是肇嘉浜和李从泾两水汇合处,改称"徐家汇","徐汇区"区名即由此而来。

区境在唐、五代、宋时属华亭县高昌乡。元代至元二十八年(1291),原华亭、高昌等五乡划为上海县,区境在高昌乡境内。明清时全境仍隶属上海县。清宣统二年(1910),区境分属上海县的上海城、法华乡、漕河泾乡。民国三年(1914),法国殖民主义者第三次扩张租界,区境内今肇嘉浜路以北、华山路以东地区被划入法租界，其余地区仍属上海县。区境除法租界外，分属沪南区、漕泾区、法华区。抗日战争期间，区境先后分属上海市南市区、沪西区等。抗日战争胜利后，区境分属上海市第七区（常熟区）、第八区（徐家汇区）、第二十六区（龙华区）。1949年5月24日，区境解放，实行军事接管。1950年6月，徐汇区人民政府成立。1956年3月，常熟区与徐汇区合并为徐汇区。1964年5月，闵行区划归徐汇区。1982年4月，原闵行建制恢复，从徐汇区划出。1984年将上海县龙华、漕河泾两镇划入。1992年7月，上海县龙华乡划归徐汇区。

上海是个移民城市，徐汇区在各个历史时期都有大量的外来人口。这些人来自国内外四面八方，生活方式和民俗民风各自不同。当他们在徐汇这片土地上生息繁衍时，就不断地交流着各自的民俗文化，从而使徐汇区形成了既有原有的本土民俗文化，又有传入的西方民俗文化，还有随着城市化建设与文化发展形成的新民俗，共同构成了纷繁复杂、混合多元的极有特色的都市海派民俗形态。

在绵延千年的历史长河中，居住于徐汇土地上的先民们孕育了富有个性的本土民俗文化。其中有早在明清时代随着上海

>昔日徐家汇全景

县城初具规模与发展，以"衣被天下"而享誉大江南北及东南亚各国的黄道婆及其民俗信仰；有著名的乌泥泾被等服饰习俗；有记录农民从祭神、占卜到播种棉花、纺纱织布等纺织生产习俗的民俗歌谣《棉花歌》；还有独特的明代民居建筑所养成的居住习俗；有千年古镇龙华庙会习俗以及乡村传统的婚嫁、寿诞、祭供、饮食习俗等，从而形成了植根于传统吴越民俗文化的本区地方民俗。

然而，独具都市特色的海派民俗的形成，则在近代以后。上海开埠后，法国耶稣会在徐家汇修建教堂等建筑，从事传教活动，使徐家汇附近逐渐繁荣起来。清同治元年（1862），太平军进军上海期间，外省市及市郊居民为逃避战火，纷纷到徐家汇附近居住，徐家汇顿时成为众多人口聚集地。民国三年（1914），法国殖民主义者强占肇嘉浜以北大片土地为法租界，大量建造房屋，徐家汇逐成集市，人口随之增多。随着上海的开埠和租界的建立，国内外富商豪绅、达官显贵争相在区境内营造私人庭院，开发经营房地产。大批花园住宅、公寓、新式里弄的建造，使区境内人口迅速增长。区境以肇嘉浜为界形成南北两种不同的聚居区，人们戏称为"上只角"与"下只角"。

随着上海的开埠，西方各国的商人们带来了大量的西方文化与习俗，他们建教堂、办学校、修铁路、架电车，使本土的民俗文化受到了很大的影响。特别是肇嘉浜以北地区，曾是法

＞旧日徐汇

> "下只角"的居民住宅

租界的一部分，属于徐汇区的"上只角"，这里遍布西方建筑风格的花园住宅、公寓大楼，新式里弄建筑连接成片，环境幽静整洁，同时聚集了近代上海各社会阶层的名人，成为人口较为密集的高级住宅区。人们的生活习俗"洋化"倾向非常明显。一些民众喜欢过春节也习惯过圣诞节；青年人对愚人节、情人节等西方节日渐渐接受；一些年轻人结婚淡化中国传统的方式，而盛行教堂结婚、舞会结婚、旅行结婚、集体结婚等。

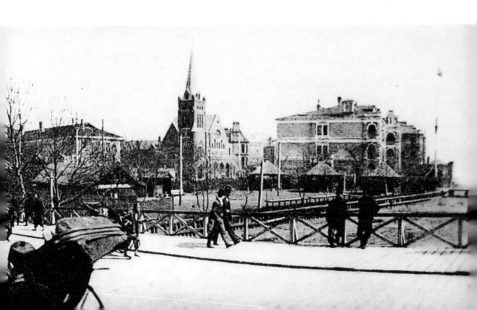

本区的发展还吸引了一大批文化名人，他们在书画、雕刻、电影、戏剧等多领域都有杰出贡献。抗日战争时期，田汉在区境内西爱咸斯路（今永嘉路）371号至381号创办南国艺术学院；郑振铎在区境内拉都路（今襄阳南路）敦和里主编进步文艺刊物《文学》；电影工作者阳翰笙等创建了联华影艺社；电影界前辈张石川在徐家汇创建幻仙影片公司。在书画上，上海有名的书画家丰子恺、王个簃、林风眠、程十发等都在区境内工作、生活。此外，还产生了海派黄杨木雕艺术家徐宝庆、剪纸艺术家林曦明等一批民间艺术家；也有濒临失传的土山湾手工技艺、"桂林班"皮影艺术等非物质文化遗产项目。还涌现了民间故事家徐新根，唱山歌能手陈全福、山杏琴等。这些文化名人的活动和文化遗产的传承，影响着一代代徐汇人，并持续推动了本区民间民俗文化的发展。

肇嘉浜以南为荒僻地区，多沟浜、河流、农田、坟丘，属于"下只角"。在抗日战争和解放战争期间，邻近各省难民来沪谋生，尤其是江淮地区人口大量涌入境内，这些移民中的多数人以拉人力车、手工织布及肩挑小贩为业，在肇嘉浜沿岸搭建棚屋定居，形成下层民众聚居的棚户区。漕北街道早先搭建的棚屋有泰东村、泰西村、工民村等。在徐家汇到土山湾一带，为苏北籍人聚居地，不少人以卖艺、算命及小商小贩为业。这种浜南浜北不同的居住环境和居住人口，使浜南浜北形成了两种不同的民俗与人文环境：浜南地区的居民，他们杂处共存，生活方式和文化习俗互相影响、互相渗透，形成了源于传统的朴实的下层民众的生活习俗。这些靠体力劳动为生的人们保留了很多农村生活的习俗，如重视送灶祭祖、接财神、做清明，又如他们结婚要经过问名、合八字、定亲等。

当然浜北、浜南的居民在文化与生活习俗方面也有交叉与合流，如每年三月三，要逛龙华庙会、赏桃花；搬场要购买乔家栅馒头、松糕；生日祝寿要送乔家栅寿团；春节要吃乔家栅

擂沙圆子；中秋节要吃冠生园月饼等，这成了徐汇居民生活中约定俗成的习惯。又如衡山路一带外国领馆多、居住的外国人也多，西方生活习俗的潜移默化，渐渐形成了衡山路一带咖啡店、西餐馆林立的特色饮食风情。从徐镇老街百姓习惯于泡三妈妈老虎灶、听评弹，发展到喜爱去衡山路异国饮食一条街喝咖啡、吃西餐，形成了徐汇独特的中西风情交融的生活习俗。

在中西文化交汇、碰撞中，徐汇民俗形成了不断趋时务新的特点。新中国成立后，文明健康的新型民俗，逐渐取代了帮会、迷信等旧陋民俗。尤其是改革开放后，随着徐汇的社会经济迅猛发展，人们居住条件的不断改善，生活水平的不断提高，精神文化需求日益增长，文化建设也取得突破性的进展。那些具有传统民族特色的民间戏剧、说唱艺术、民间歌舞等焕发青春，受到百姓的青睐。同时，徐汇不断传承、开发既富含历史文化又融合现代文化元素，为广大群众喜闻乐见、内容丰富的文化产品。例如每年举办的"龙华撞钟"、"龙华庙会"、"桂花节"、"社区文化艺术节"等各类大型群众文化活动；徐家汇星期音乐广场、龙华塔园广场和社区数十个文化广场的广场文化活动。全区由群众自愿组织、自我参与、自主管理的社区各类群文团队1286支。仅2007年，徐汇区组织各类重大群众文化活动84场次，观众达22.3万人次，逐渐形成了百姓积极参与的富有时代气息的新的民风习俗。

厚载着民族智慧成果的文化遗产，是悠久文化的历史见证。为弘扬传统文化，维系文化根脉，徐汇区2004年开展了民族民间文化传承保护工作，2005年开展了非物质文化遗产普查和申报工作。共收集到非物质文化遗产项目资源30余项，老照片1000余幅，数据资料100余份，采访中外人士和传承人50余人，查阅文史资料近百万字。2006年6月"黄道婆及乌泥泾手工棉纺织技艺"被国务院列入第一批国家级非物质文化遗产名录；康新琴老妈妈成为第一批国家级非物质文化遗产

> 今日徐家汇

项目代表性传承人。2007年徐汇区人民政府公布第一批区级
非物质文化遗产名录13项，被列入第一批上海市级非物质文
化遗产名录的有9项，其中"上海龙华庙会"、"上海剪纸"、"黄
杨木雕"被列入《第二批国家级非物质文化遗产名录》和《第
二批国家级非物质文化遗产扩展项目目录》。

　　本书展示的徐汇民俗既有传统民俗，又有近现代气息浓厚
的多元都市民俗，体现了徐汇人海纳百川，善于汲取各种文化
精粹的进取精神。回顾徐汇民俗的历史轨迹，我们深深感悟到
了徐汇人生生不息的文化创造能力与不断进取的人文精神，正
是这种文化创造能力与人文精神，促使徐汇民俗由逐渐走向衰
微的传统民俗，发展到新老民俗、中西民俗相互渗透、兼容并
蓄、趋新求变，充满时代气息的海派都市新型民俗。

衣食住行

[壹]

历史文化资源丰厚的徐汇地区在1843年上海开埠之后，由于各地移民的大量涌入，以及受到西方文化的影响，人们的衣食住行习俗，集多样性为一体：既有本地传统的习俗，又有各地移民带来的习俗，更融会了西方习俗。随着社会进程的展开，人们的衣食住行不断发生着变化，逐渐形成了鲜明的地域传统与特色。

［一］服　饰

1.乌泥泾被

　　说到服饰，离不开纺织业，说到中国古代纺织业，一定会提到中国古代手工棉纺织技术革新家黄道婆。黄道婆是元代松江府乌泥泾（今上海市徐汇区华泾镇）人，早年流落海南崖州（海南岛崖县），从黎族民间习得纺织技术。她致力于改革纺织工具，传授推广有关轧花、弹棉、纺纱和织机等棉纺工具及技术，从而提高了生产效率，增加了花色品种，大大促进了松江一带棉纺织业的繁荣和发展，使松江府一带有"衣被天下"的称号。

　　上海地区的棉花种植起源于南宋，到明清时期，棉花栽培种植技术已居全国领先地位。由于棉花的种植和纺织业的发展（包括"乌泥泾被"的生产），上海的一些市镇也因贸易的发展而兴盛起来。每到秋末棉花收购季节，来自全国各地的商人云集

> 黄道婆纪念馆内陈列的织机

> 崖州被

上海县城及各大集镇收购棉花和各种布匹。东北、华北以及江浙、福建、广东的客商，来上海时带来全国各地土特产及各种商品，回去时满载棉花和布匹，当时上海县城外小东门一带从事商贸的海船不下几千艘。

到了明清时期，上海农村广大地区，几乎家家都纺纱织布，"机声轧轧，子夜不休"。当时苏州、南京为纺织中心，于是上海又有了"小苏州"的称号。

"乌泥泾被"是黄道婆改进崖州被的织造方法而创造的一种新型的棉纺织品。崖州被在织造工艺上使用的是传统的色织和提花技术（色织是指织布所用的纱线事先都染上了各种颜色。提花是指在织造过程中，利用经纬棉纱的不同变化，织出各种不同的复杂花样）。黄道婆借鉴了崖州被的传统纺织"挈花"（提花）技艺，并将江南地区早已盛行的织麻绸的技术，运用于棉织品，改良革新出了色织和提花混织的新工艺。由于这种改良后的崖州被出自乌泥泾，不久就被称之为"乌泥泾被"而名扬天下。

明代成化年间，这种提花棉织品传入皇室，受到嫔妃、宫女们的欢迎。于是乌泥泾一带许多家庭受官府之命，专为皇室织造，织出的图案有龙凤、麒麟、云彩等，颜色有大红、紫色、赭黄等。由于"乌泥泾被"工艺精湛、图案华贵、色泽艳丽，当时一匹布的售价竟达百两金以上。王逢赞美这种"乌泥泾被""五彩缤纷、云蒸霞蔚、绚丽如画。"

2. 龙华稀布

　　上海稀布分为东稀、西稀（以浦东为界）和龙华稀三种。所谓"稀布"，是棉布粗布类中的一种阔布。布匹按大小规格分类有：扣布（俗称小布）面幅最窄，标布（俗称大布）较扣布略阔，稀布比标布又阔三四寸。

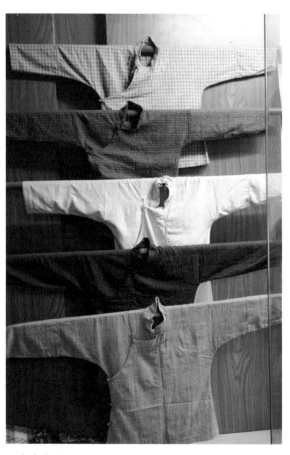

> 土布女上衣

龙华稀又名清水稀，每匹阔一尺一寸（合37厘米），长二丈二尺（合6.7米）。其特点是细洁光滑，较之东稀，上浆要薄一些，较之西稀更为细洁光爽。龙华稀大约产生于明代，盛时"家家纺织，赖此营生"。明代以后龙华庙会盛行，龙华稀布凭借庙会之力更行销各地，声名隆盛。不仅销往上海本埠，而且远销北方。清代张春华《沪城岁时衢歌》中赞咏"龙稀"："晓时评估信手拈，廿三尺外向谁添，关山路杳风声远，多少龙华七宝尖。"可见当时这种名牌的"龙稀"，已经千里迢迢销往山海关外的东北各省。民国以后，机器纺织业的发展，使家庭手工纺织的龙华稀布在市面上已不多见，织制出来的布匹多数留作家用。20世纪60年代以后，龙华稀布退出了市场，但是前后享誉数百年的利民功绩却载入中国纺织业的史册。

3. 马褂、长衫和"倒大袖"

民国初期，在大小马路上走的男人大都穿的是马褂和长衫，而女人则以倒大袖衫配裙子为时髦。农民的穿着一般是"短打"，即对襟衣

> 布棉袍

服和老头宽腰裤，因为这样劳动和工作都比较方便。

男人在春秋季穿的是马褂和长衫，冬季则穿麦尔登呢制成的长袍。马褂常常罩在长衫外面，里面的衬衫袖子外翻。长衫以藏青或灰色为基调，它的长度一般至脚脖子处。而马褂则以黑色为主，显得庄重而大方。当时流行着"男子'行头'差不多，档次看料子"的说法。因而一些有头面的人就在料子上做文章，有的用呢子为料，有的以当时的高级绸料——蓝白格子纺绸为料，绸缎上还常常印有圆形的寿字图案，显得高雅大方。这种打扮配上瓜皮帽（以后又兴戴礼帽）、皮鞋和拐杖，在儒雅中透出威武。当然能作这种打扮的人大都是官僚买办和商贾，平民百姓只能穿普通布料的衣服。

女性的穿着讲究就多了。中青年女性上身穿袖口倒大、两边下摆开成大圆角、立式小方领的丝绸上装，下穿黑色或深蓝色的长裙，脚穿缚带绸面鞋。当时年轻女性上装的颜色以主人喜好而定。有的用嫩绿、粉红或嫩黄为底配以同一色系的玫瑰和牡丹，显得庄重而不失女性柔性妩媚的特点。值得一提的是，那时女性绸衫上的纽扣十分的考究，用铜丝为芯（可以使纽扣保持一定的形状），用与衣服相同面料的绸布裹成长条，然后再盘成各种花样的雌雄纽扣。这种纽扣钉在立领、门襟和袖口等处，具有很强的立体感和装饰性。

4. 旗　袍

区境内，从 20 世纪 20 年代至 40 年代末，旗袍风行了二十多年，款式几经变化，如领头的高低、袖子的短长、开叉的高低等。这些变化不仅使旗袍彻底摆脱了老式样，而且改变了中国妇女长期束胸裹臂的旧习，让女性体态和曲线的美显示出来，正迎合了当时的风尚。

旗袍原是满族人的服装，后来演变成为代表中国女性的服装，在这期间，上海人对其进行改造、变革功不可没。率先穿旗袍的是上海女学生，大约在 20 世纪 20 年代中叶，她们穿的旗袍，下摆在踝关节之上，袍身较为宽大。到了 1927 年，赶时髦的女性纷纷效仿，穿着旗袍成为一种时尚。因为受西方短裙的影响，旗袍摆线提高到膝下，袖口趋小，以后袖口又装上仿西式的"克夫"（袖口，英文 cuff 音译），高领，袍身合体，显得简洁大方。入时的女性，除穿着合身的旗袍外，

> 蓝印花布旗袍

还烫发、穿长袜、配披风或毛线背心，更成为当时流行的风尚。旗袍制作的面料多以棉、丝、麻为主，毛料亦有，但不多。旗袍是吸收了中国民族服装的精华，并结合西洋服装的特点而创造出来的。此时的旗袍已不是原来意义上的满族妇女的服装，而是经过了大胆的改革。原本的旗袍宽大，一统到底，而新型的旗袍则融入了西式风格，宽松的胸襟，微紧的腰围，其外形贴体合身，衬托出女性曲线的自然美。紧扣的高领，雅致而庄重，下摆开叉，穿着行走时，叉角微微飘动，显得轻松。此外，在式样上，旗袍的变化越来越多，如开叉旗袍、荷叶袖旗袍、披肩旗袍等。这些新样式旗袍的边饰、领头、开叉都发生了显著的变化。旗袍既可以作为礼服，又可以作为便服，四季皆宜。尤其夏天穿着更觉凉爽。旗袍一度成为上海妇女喜欢穿着的新潮服装。

5. 斜襟衫

　　1911年辛亥革命以后，上海中年女子流行穿各种花纹、条子和细格子的"斜襟衫"。这种衣裳有很高的立领，衣袖宽大，胸腰收紧，配以各式长裙，在视觉上给人以苗条、颀长的感觉。到了20世纪30年代，"斜襟衫"又将高立领放为低立领，衣袖收小，配以各式衣料长裤，软底绣花鞋，表现出上海女子端庄、贤淑的仪态。

6. 中山装

1911年辛亥革命以后，社会上人们所穿衣服很杂乱，有的人还穿着晚清服饰，或长衫马褂，或上褂下裙；有的人则穿戴新派，显得西装革履，洋装笔挺。当时孙中山先生请南京路上"荣昌祥服饰店"的王财荣，与他一起共同设计了一套服装。这种服装上装为直翻领，对襟，中间竖排五粒纽扣，前胸上下左右为四个凸袋，上面二小凸袋，下面为二大凸袋，四只方形口袋袋盖为笔架形，袋盖上有一粒纽扣，下装配西装裤一条。孙中山先生首先穿上这套衣服，出席各种会议，发表演说，果然服装样式显得庄重大方，穿着舒适、挺括、方便。社会上人们纷纷模仿制作，这一式样的服装逐渐流行起来，人们为了纪念孙中山先生，便将这套新式服装称为"中山装"。

7. 玻璃丝袜与高跟鞋

上海开埠后，时尚的变化很大，随着女式旗袍流行与改良，与此配套的玻璃丝袜、高跟鞋也随之流行起来。

>20世纪40年代摩登女性装扮

>20世纪50年代青年女性装束

>20世纪60年代的业余时装秀

　　20世纪30年代，上海时髦女性无论是穿中式旗袍，还是穿西式长裙，腿上无一例外都是长统玻璃丝袜，脚上配以一双高跟皮鞋。

　　穿上高跟鞋后，使女性挺胸收腹，身材变得修长挺拔，更显女性曲线之美，加上配以透明长统丝袜，楚楚动人，更显美丽。于是玻璃丝袜

>20世纪70年代中老年女性服装

>20世纪70年代青年男子的着装

与高跟鞋成了太太小姐们出门访客、出入社交场合必备的"行头"。

8. 草 鞋

徐汇区的漕河泾镇北有个叫金家弄的自然村，呈"品"字形布局。居住着王、金、沈、杨、陈姓等一百多户人家。在20世纪30年代，这里的村民大多务农，因为贫困，也为了劳动方便，多穿草鞋。这里的农民织草鞋的技艺很精湛，农闲时，他们便把自己编织的草鞋拿到漕河泾、龙华、小闸等村镇出售，因此附近村里的人们就把金家弄叫成草鞋金家弄。村民们用于制作草鞋的原料是稻草。草鞋中间的二根筋，有的用稻草，有的用麻绳。鞋帮处还用布条加固。农民务农一般多穿草鞋，下田进水后也可很快晾干。有的村民在冬季都穿草鞋。

9. 围裙和直流裤

旧时，在漕河泾一带，老年妇女多缠小脚，身穿大襟外衣，外加叫做"缩裙"的土布或洋布围裙；男性老年人，上身穿葡萄纽（一种中式手工纽扣）的对襟外衣，外加叫做"缩裙"的土布或洋布围裙，下身穿腰身处折叠的直流裤。

[二] 饮 食

1. 泡 饭

过去，徐汇市民早餐有吃泡饭的习惯。只要把隔夜的冷饭加些水一泡，放在煤炉上热一热，就可以吃了。过泡饭的小菜，也与这清水白饭一样清爽：酱瓜、乳腐是桌上的永恒主角。考究一点的则有花生酱、黄泥螺。当然隔天吃剩下来的一碗咸菜毛豆子也是很"杀饭"、"落胃"的。"吃泡饭"是一种特有的饮食习惯。原因之一是因为经济条件的限制；其二是勤俭节约的习俗所致，久而久之便成习惯：前一天的饭不扔掉，而是加水一泡，成为第二天的早餐。如今，泡饭已经成为一种时尚的食物，甚至进入了大饭店的餐桌。当然现在的泡饭在用料

上有了很大变化。不少年轻人吃泡饭的时间也发生了变化：过去是早餐吃泡饭，而现在的年轻人则喜欢在中晚餐时吃泡饭。

2．"四大金刚"

"四大金刚"是上海市民对大众早餐点心——大饼、油条、豆浆、粢饭四样早点的总称。几十年来，上海广大市民每天早上起床后，出门上班上学之前，总要吃大饼包油条，或粢饭包油条外加一碗豆浆，这豆浆或甜或咸或淡，既经济又实惠，是广大市民的看家早餐。

在上海的街头巷尾，人们总能看到这样的点心店、小食摊：一口油锅煎油条，一只炉子烘大饼，一口大锅煮豆浆，一只大木桶装粢饭，卖的就是大饼、油条、豆浆、粢饭"四大金刚"。这大饼有甜有咸，上面有葱花、芝麻，夹着油条，吃起来香喷喷，合着豆浆吃更是滋味无穷。在冬季，人们挤在点心店、小食摊的桌子上吃早点喝豆浆，真有股暖融融的感觉。

> 旧式石磨

3．老油条

过去，到了周末或有空的时候，有些人就到弄堂口的大饼油条摊去买几根在油锅内氽得腊黄的油条，用一根细长的黄草茎穿着，用一张纸托着滴滴答答掉下来的油回到家里。然后把胖鼓鼓的油条掰开，用筷搛住一段，蘸酱麻油过泡饭吃。

人们还有喜食老油条的习俗。所谓老油条就是把昨天卖剩下来的软瘪瘪的冷油条重新放入油锅内再炸一遍。这回锅再炸第二遍的油条从观感到口感已经完全两样了。老油条在油锅里翻滚着，一直要被炸成焦褐色，才被一双特大的长筷子搛上来。等淋干滴滴答答的油后，一口咬上去是硬硬的、脆脆的、香香的。用这种油条包粢饭，再加一点绵白糖，吃到嘴里软软的糯米裹着又硬又脆又香的老油条，真是一种无可言表的美味享受。

4. 粢饭糕

除了"四大金刚"外，上海还流行一种早点——粢饭糕。这种点心的制作，是在隔天把大米洗净后放在一口大铁锅里加上盐煮成饭，再把饭放入另一口大铁锅里搅拌至起韧性。然后把饭放入一只垫好白布的四方形大木框里，将饭压紧压结实，表面用刀抹平。第二天再把木框拆开，饭就成了一块大米糕，用一把长刀把大米糕切成长条，再把长条米糕切成一小块一小块，等大油锅内的油沸腾了，放入一块块的米糕，几分钟后香喷喷的粢饭糕就可出锅了。用纸夹上一块咬一口，外表脆香，内里糯软，既可口又耐饥。直到20世纪90年代，天平路、广元路口的小饮食店每天早晨买粢饭糕都要排队。

＞旧时的饭桶与热水瓶

5. 小闸南瓜

产于徐汇区田林街道（原小闸镇地区）金家弄、罗家桥、盛家宅、周沈巷、沈家宅一带的小闸南瓜，有一百多年的栽培历史，20世纪70年代还被上海市农业局专家评为上海市百种特色农产品之一。据老人回忆，这种小闸南瓜三月开始在秧苗棚下种，五月移栽到农田，不久开出黄色花朵，结出小瓜。幼瓜皮呈墨绿色，待生长成熟后，皮色呈橘红色。小闸南瓜头小体长，呈长棒槌状，中间弯曲，可当主食食用。小闸南瓜卧在农田中，远望好像黄鼠狼，故小闸南瓜也被当地农民称为"黄狼南瓜"。

小闸南瓜皮薄肉厚，表皮稍有裂纹，近果皮处肉呈淡绿色，中间为橘红色，煮熟后皮肉能自行分开。小闸南瓜每只重约1.5~2千克，瓜肉细腻，香甜爽口，既可清蒸又可水煮。当地农民将小闸南瓜运往各地出售，那种香糯可口的味道让食者难忘。邻近的市民纷纷到小闸地区选择南瓜，小闸南瓜因此出名。随着田林地区城市化的进程，这种上海特色农产品已逐渐远离市民饭桌。

6. 龙华桃

龙华桃，分水蜜桃、蟠桃和圆桃等数种，以水蜜桃最著名。熟透的龙华水蜜桃只须轻轻地一搓一揉，甚至可插入麦管，像喝汽水那样吮吸，最后只剩皮和核，简直就是一包蜜，溢出的桃汁都粘手。

龙华水蜜桃源出顾氏露香园，称上海水蜜桃。上海水蜜桃以其味美著称，各地慕名纷纷引种。道光二十四年（1844）、道光三十年（1850）和光绪元年（1875），英国、美国和日本也先后引种。而龙华引种的水蜜桃最成功，有甘甜多汁、皮薄肉脆、入口即化的特点，在水蜜桃中独占鳌头。龙华水蜜桃盛花期在4月上旬，8月10日左右果熟，个果重约120克，果形椭圆，果皮黄白有红点红晕，皮韧易剥离，果肉色黄白。主要产区在小木桥、龙华一带。由于水蜜桃生长期长，立秋后方能成熟，此时正值风讯期，落果多，导致收益不高。到民国初，桃农为追逐利润，种植蟠桃的日益增多，水蜜桃渐为蟠桃所替代。龙华蟠桃形扁，又称扁桃，果形大，味道不及水蜜桃，但易于栽培，产量高。

当年龙华的桃市十分兴盛：抗日战争前当地有8家桃行，桃讯来临，桃农装桃入竹篓，每担20篓，篓上用白布作为标签。挑至桃行由行员估价计斤两，记入账册，桃市结束，桃农至桃行结账，桃行收取佣金。

民国十七年（1928）前后，小木桥一带桃园尽废，龙华桃林也日渐稀少。主要产桃区向龙华西南部的长桥、华泾和莘庄等地转移。其中长桥的唐巷和陆家塘两地植桃数百亩，华泾的南华园和莘庄的芳园各植桃二三十亩。到了30年代中后期，龙华已无龙华桃了。

7. 龙华豆腐干

龙华豆腐干出自龙华，分白色、酱色、卤汁和麻辣四种。白色称蘑菇豆腐干，因其白嫩鲜美而名；酱色豆腐干是五香豆腐干，味咸，芳香可口；卤汁豆腐干又叫甜汁豆腐干，味甜；麻辣豆腐干是在五香豆腐干的基础上加辣制成。四种豆腐干均一寸见方，用小竹签穿成一串出售。后来，蘑菇、五香和麻辣豆腐干也有用线扎起来出售的，卤汁豆腐干还有用纸盒包装并配以牙签挑食的。

龙华豆腐干在清末初露头角，由龙华寺僧人率先制作，赶在庙会期间应市。最初仅有五香豆腐干一种。后来有百姓仿制成功，并以卖龙华豆腐干为生。因其生意兴隆，招来了很多仿制者，龙华豆腐干逐渐成为上海风味名吃之一。龙华豆腐干每年农历一月应市，四月初八便落市。20世纪30年代龙华镇专营豆腐干的店有6家；新中国成立初，龙华镇经营豆腐干的专营店家和临时摊贩近30家；1956年后，专营户纷纷改行，临时摊贩也锐减。到1966年，龙华豆腐干几乎绝迹。20世纪80年代，上海县豆制品厂曾一度加工制作龙华豆腐干上市，有白色和酱色两种。

8. 龙华素斋

龙华寺素斋成名于20世纪80年代，初办于龙华寺染香楼内，1990年移入寺侧龙华迎宾馆妙香苑内。菜名中鸡、鸭、鱼、肉、蟹、虾等俱全，名为荤，实是素，均以四时菜蔬和豆制品烹制而成，无一不可乱真。龙华素斋色香味形俱佳，曾于沪上三大寺素斋评比中独占鳌头。旧时，寺中本无素斋，1966年前，寺中仅售素面、素包和盖浇饭。1983年开始办素斋，有桌菜及和菜，后增点菜。1985年聘得功德林素菜馆特级厨师姚志行后，龙华寺素斋声名与日俱增，渐播海内外。

9. 百年老店乔家栅

在上海，提起乔家栅，可谓家喻户晓。素以"汤团大王"著称的乔家栅原名永茂昌汤团店，清宣统元年（1909）在南市乔家栅创立，至今已有近百年的历史。因为乔家栅的汤团很受顾客的欢迎，在上海人中形成"到乔家栅吃汤团"的口头禅，于是，店主便将店名

> 位于襄阳南路永嘉路口的乔家栅食府

改为"乔家栅"。约在20世纪40年代，因生意兴隆，又在西区拉都路西爱咸斯路（今襄阳南路永嘉路）口开了家"乔家栅点心店"，专门制作销售精美糕点。乔家栅常年供应各色汤团、擂沙圆和面点，并以八宝饭、青团、粽子、月饼、薄荷糕、重阳糕等节令美点招徕顾客。

　　"乔家栅"的擂沙圆是上海乔家栅点心店的风味名点之一，已有七十多年的历史。相传在清代末年，上海城内三牌楼一带有一位开汤团店的雷氏老太太，她为了使汤团便于存放和携带，首创了在煮熟的汤团表面滚赤豆粉的办法，后人为了纪念她，就把这种汤团取名"雷沙圆"。上海乔家栅食府（襄阳南路336号）创设后，即大宗生产这种"雷沙圆"。该店改进制作方法，将赤豆粉炒制成干沙后，再用十七眼筛筛过，使豆沙粉更为细腻，熟汤团沥干水分再投入粉盘擂滚，成品呈紫红色，清香软糯，深受食客欢迎。乔家栅食府遂将"雷沙圆"改名为"擂沙圆"，成为该店传统小吃之一。乔家栅经营的擂沙圆是将崇明县大红袍赤豆煮熟后磨成沙，晒干后成为紫红色的豆沙粉。然后，把包有鲜肉或豆沙、芝麻等各式馅心的糯米汤团煮熟，沥干水分，滚上一层豆沙粉。这种汤团，有浓郁的赤豆香味，而且软糯爽口，携带方便，一直深受人们的欢迎。乔家栅汤团的原料很有讲究，糯米须出自青浦朱家角，豆沙原料采用崇明赤豆，鲜肉专挑细白皮肉猪，玫瑰专门包田种植，自制加工。

　　徐汇地区的居民遇到节俗喜庆之事购买乔家栅的糕点已成习俗。如乔迁之喜要买乔家栅的馒头、松糕，生日祝寿要买乔家栅的寿团，春节要吃乔家栅的擂沙圆子。

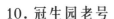

10. 冠生园老号

冠生园建立于1918年，其雏形是广东人冼炳生1915年在上海大境路开的一家小商店，他以冠生园为店名，并把自己的名字改为冼冠生。他出售的陈皮梅虽小，可是甜酸适度，口感极佳；牛肉干每块不过蚕豆粒大，但鲜美耐嚼，带有广东风味。当时正逢新舞台上演《济公传》，好戏连台，场场客满，陈皮梅和牛肉干一炮打响，观众竞相购食，生意兴隆。1918年，上海梨园界红人薛瑶卿、郑正秋投资冠生园，并向社会募集资金10万元，成立了冠生园股份有限公司，冼冠生任总经理。该公司重点经销糖果、糕点。1930年冼氏集资50万元，将总店迁至南京东路555号，又引进国外先进的食品机械，在漕河泾开设工厂（现为漕宝路220号），1935年正式投产，从此改变了手工作坊的落后生产方式。冼氏很有广告意识，为此不惜花费巨资，被同行称为"广告迷"。1934年，冠生园在大世界举办月饼展销会。开幕当日，他特邀著名影星胡蝶到场剪彩，并让她斜倚在特制大月饼旁拍照，照片旁题书"唯中国有此明星，唯冠生园有此月饼"，并制成印刷品广为散发。1935年和1936年中秋节，冠生园分别举办"水上赏月"和"陆上赏月"活动，以促进月饼销售。冼冠生还非常重视产品质量，制定诸多生产规范制度，他经常去工厂检查生产。1937年"八·一三"事变爆发，冠生园捐出大量食品犒劳浴血奋战的抗日将士，上海沦陷后，冼冠生将机器迁往重庆、贵阳等地，继续生产。抗战胜利后迁回上海。

过中秋节吃冠生园月饼是徐汇居民的时尚。直到20世纪80年代，人们结婚发喜糖，八粒一包的喜糖中，必有一粒是大白兔奶糖。大白兔奶糖甜而不腻，软而不沾，深受大家欢迎。这大白兔奶糖就是冠生园的产品，原是冠生园于1959年向国庆十周年献礼的新产品，由原来的米老鼠奶糖改进而成。如今已是沪上的著名品牌糖果。

11. 衡山路异国饮食风情街

衡山路于1922年由法公董局辟建，原以法军元帅贝当的名字命名为贝当路，1943年10月以湖南省地名改称现名。该路位于徐汇区东北部，近淮海中路。衡山路全长两公里，两侧梧桐冠盖成荫，环境高雅幽静，交通便捷，地铁一号线贯通全线，并设衡山路站，有15路等

5 条公交线路，是区内主要交通干线之一。

　　衡山路地处历史风貌保护区，原地块解放前为法租界别墅区，历来为白领、金领阶层居住区，现周围又是上海最大领馆区，外国侨民人数众多。随着市场经济发展，为满足周围中外人士消费需要，20 世纪 90 年代，开辟衡山路为休闲娱乐和各国饮食为主业的特色商业街。

　　衡山路的饮食文化多姿多彩，在各式餐厅里可以尝到欧美、东南亚等各国的美味佳肴，还可领略到爱琴海、马六甲、大洋洲等地的异国情调。这里有来自美国的连锁店——星期五餐厅，有中国第一家品尝越南菜的西贡餐厅，有美洲风格的虹蕃主题音乐餐厅，有日本料理的丽莎餐厅，有德国西餐运通豪士餐厅，有土耳其风味餐厅，有意大

一七

＞衡山路异国饮食风情街

壹　徐汇卷

利的沙华多利餐厅，还有各具特色的香樟花园、李香园、金翅坊、凯文等餐厅。

这些餐厅从装饰到气氛都洋溢着异国情调。美国星期五餐厅颇具美式快餐业的营业格调，连铺在桌上的桌布都是红白间的长条，周围墙上布置着从美国空运来的镰刀、拐杖、留声机等老古董。锦亭酒吧的家具有北欧风情，棕色的苏格兰台布，镶嵌着彩色玻璃的吧台，还把火红色的英式电话亭也搬进了店堂，让你仿佛置身于古老的欧洲。虹蕃主题音乐餐厅更是别具一格，餐厅的装饰具有浓烈的美洲文化风格，通过简单的几何图形把印第安部落的风情壁画和各类图腾木雕有机结合；硕大的霓虹灯招牌上，装饰着印第安土著人的巨型头像；整个餐厅在特意布置的几株古树间布满印第安人的黑白生活照；暗淡的灯光下，酒吧主唱歌手和键盘手自弹自唱，音乐热烈奔放，漾溢着拉美风情。

漫步在这条街上，更易让人亲近的是那些星罗棋布的各式酒吧、茶坊、咖啡馆。这里有唐韵茶坊、茶言观舍、耕读园书香茶吧、寒舍等茶吧，有哈鲁、萨莎、香舍、欧玛莉等酒吧，有美罗思、顿迪、热巧克力、爱佛组等咖啡吧等，各显特色。人们到此或亲友小酌，或商务洽谈。休闲客则大都喜欢凭几隔窗临街而坐，观览街景，闲聊世事。

12. 徐汇公馆菜

从20世纪30年代起，上海饭店业已发展到相当程度，全国各大菜系已云集上海滩。各主要商业街更是各大菜馆集中之地。但是处于社会顶层的人士，一般不适宜在社会公开场合露面，这些人包括上层官僚、政客、大买办、军阀、富商、银行家等。他们往往在自家豪华公馆里请客，或政治谈判，或洽谈生意等。每家公馆都聘请有高级厨师，都有各家的拿手绝活菜。各公馆在举办生日、结婚喜宴、家族聚会、行业聚餐等名目繁多的各色聚会时，会相互交换厨师，到对方公馆去烧菜办酒席。有时各家带上各自厨师去一处公馆作厨艺交流、比拼拿手菜等，总之公馆大门一闭，里面吃翻天外人也不知道。这种现象在20世纪30、40年代的徐汇、卢湾、静安、长宁一带公馆里很是流行。

另外在徐汇区霞飞路、贝当路一带也常有一些文人的文艺沙龙，戏剧票友的聚会，科技界、工商界人士的聚餐，这些都成为了当时上流社会的一种时尚风气。尽管上海各主要饭店的餐厅里高朋满座，食客如云，但在幽静的法租界西区各公馆里却聚集着上海滩最会吃、最能吃、吃得最讲究的一群人。

近些年来上海街头，出现了不少私家菜饭店，如席家花园、杨家厨房、孔家花园等。其实仅是经营者招徕顾客的生意经，与昔日的"公馆菜"完全是风马牛不相干的两码事了。

[三] 居　住

地域位置的特殊性决定了徐汇地区的居民住宅建筑样式呈多样性。区境内既有新式公寓和花园住宅，也有石库门、棚户、砖木瓦房，更有少量古民居。早在1914年，法国殖民主义者扩张租界，迫使当时政府将肇嘉浜以北4.5平方公里的地区列为法租界，在境内辟建二十余条马路。随着新辟租界内电灯、电话、电车等现代公用事业的兴办，区境内的城市化进程也启动了。国内外富商豪绅、达官显贵争相择地营造私人庭院，开发经营房地产。仅法商建业地产公司在今建国西路、岳阳路一带，购地建造楼房就近百幢，而后又建造了建业里东、西、中弄近三百幢。瑞华、毕卡第（今衡山宾馆）等一批新式公寓和花园住宅也先后落成。

1. 古代民居

本区古代建筑留存不多，但布局精巧，建筑精良，既有北方古代建筑的风格，又兼有江南园林的特色。而其居住模式和习俗，充分体现了古人重厅堂，重礼仪，重尊卑的观念。

（1）明代南春华堂

南春华堂位于梅陇路5号,它建于明代弘治末年至正德年间（1505－1521），距今已有近500年的历史，是上海市区一座保持明代建筑

> 南春华堂

风格的民居。

南春华堂原名裕德堂，系明代一位张姓高官告老还乡之后的居所。据传，当年乾隆下江南时曾在这里小憩。清末民初，裕德堂的主人家道衰落，把房屋出售。因为裕德堂的北边有诗人黄瑾的别墅春华堂，所以后来被称为南春华堂。原裕德堂三进五开间：头进的大厅两侧伏有石狮4座，内有仪门、石鼓，并有门屋两间；二进为五开间正厅，边为耳房；三进是五开间的起居厅。原裕德堂屋宇宽敞，建筑精致，工艺精巧，雕刻传神，充分体现了明代时期江南民居建筑的时代特征，为明代宅第建筑的典范，具有极高的艺术价值和研究价值。

南春华堂曾一度被破坏得面目全非：从前的天井变成了门前空地，而天井地坪和通道都被埋在土下；天井后面是当年的正厅，正厅的门窗、照壁等间隔设施已荡然无存，仅留门轴荷叶栓斗。厅内的柱子部分倾斜；只有堂前仪门破损的门楣上雕有的"克洽雍熙"、"视履考祥"几个行楷大字，依稀能透出当年的风采。而"裕德堂"的匾额也在解放战争期间被毁坏了。南春华堂于2000年5月22日被公布为徐汇区文物保护单位。2002年自梅陇港南岸搬迁至光启公园内，得到了修缮，并被辟作徐光启纪念馆展厅。2004年正式对外开放。

（2）世保堂

在本区漕河泾镇西南部，沪闵路北侧的西牌楼村境内，相传明代有张姓家族定居在这里，距今已有600年历史。在原老宅基（今殷家塘）的东西两侧各建有一座牌坊，名东牌楼和西牌楼（今牌楼已倒坍，残存石头柱已埋入地下）。据张姓后裔讲：西牌楼曾有一个古建筑群体，南靠沪闵路，占地约4000平方米，呈长方形，均系明代建筑。总大门前两侧有青石雕刻石马一对，阶前有旗杆座两副，大门两侧有秦琼和尉迟恭的彩塑像。大门两侧还有四个各自独立的建筑体，每个都由茶厅、东西厢房、前客厅、后客堂等组成。建筑总面积约2000平方米。所有建筑，大部分已在建国前后被拆毁，现仅存世保堂前厅。厅上方原悬有"世保堂"和"兄弟联芳"两块横匾，并有"兵部尚书"字样。两块横匾已不存在。

（3）清代门楼

清代门楼位于中山南二路729号，约建于1840－1890年，原为祠堂建筑，现残存门楼及两边厢房各半间，因多次修理，外形尚存，但原雕刻已无迹可寻。原建三进房，因中山南路扩建及造高架道路，俱拆除。门楼青砖砌筑，檐下有砖雕花饰，歇山顶，翘角，石墙，两侧为围墙，墙头盖黑瓦。厢房均只剩一间，六架梁，双坡瓦顶。因修建中山南二路，其正厅及庭院已被毁，仅存仪门及两侧厢房。占地面积117平方米，建筑面积63平方米。

＞清代门楼（局部）

2. 石库门

在上海近代居住建筑中，以石库门里弄住宅最为典型。石库门建筑最早出现在1843年之后的租界。石库门因其前沿为形同库房的封闭式门墙而得名。老式的石库门基本上脱胎于传统的四合院、三合院。一般每幢为两层，两楼两底，居住面积有百余至二百平方米，比较适合于大家庭。第一次世界大战前后，居民的家庭结构受社会经济的影响，总体上发生了变化，不适合小家庭的老式石库门住宅便渐趋式微。1919年以后大量兴建的新式石库门住宅由老式石库门改变而成。新石库门的建筑风格糅合了东西方建筑的特点，主要变化是改为一楼一底，居住房间和面积大大减少。与老式石库门相比，它的内部结构进行了功能性的划分，如洗澡、做饭、会客、起居等均有不同的独立的空间。而宅前的围墙较低并有小型庭院，加上窗、门等西化的细节使建筑外观更趋向近代西方式样。

位于建国西路440弄的石库门建筑群，由中国建业地产公司建造，故名建业里，是当时法租界区域内第一个以中国建筑单位命名的住宅。以清水红砖、马头风火墙、半圆拱券门洞为主要特色的建业里，建造于1931年至1938年，占地1.74万平方米，是上海著名的石库门住宅群。建业里分东弄、中弄、西弄三条里弄，均为砖木结构的二层楼房，采用了具有江南民居风格的墙体和建筑屋顶，总弄与支弄之间有砖砌半圆拱券门洞相隔，分22排、260栋。同时房屋在结构上采用鱼骨状排列的西方联列式住宅形式，风格独特。

东里建筑底楼进门依次为天井、客堂、后客堂、楼梯间、厨房，二楼为前楼、后楼、楼梯，三楼为亭子间和晒台。西里住宅侧面均为风火马头墙，底楼无楼梯间，楼梯与后客堂连在一起，厨房划出一部分为后天井。在弄堂里主妇们倚门而坐拉家常，老人们聚在一起打牌下棋、喝茶聊天，孩子们三五成群欢笑游戏，出现家家有事无秘密，隔壁相亲、邻里互助的石库门独特、温馨的居住习俗。

从1870年开始到1949年间，上海有各式各样石库门建筑二十余万幢，到1949年时上海有80%的城市居民居住在石库门房子里。

上海的石库门对中国革命作出过重大贡献，中共一大、二大、共

> 建业里原貌

产主义青年团中央都是在上海石库门里诞生的。毛泽东、陈独秀都在上海石库门里居住过，写下了很多不朽著作。上海石库门对中国近现代文学发展有不可磨灭的功绩，当年鲁迅、茅盾、巴金等大文学家，他们都在住过的上海石库门里写下了大量文学巨著。

3. 棚　户

抗日战争和解放战争期间，邻近各省难民来沪谋生，在肇嘉浜沿岸搭建棚屋定居，形成后来的棚户区。新中国成立前，境内棚户主要集中在斜土和徐镇地区，尤以虹桥路的南平民村、北平民村、市民村、辛民新村和日晖港一带更为集中。肇嘉浜两岸有两千余棚户，是全市最大的水上棚户区。徐镇地区的市民村棚户区形成于抗日战争期间。居民主要是苏北、安徽、浙江等地来沪难民。解放战争时期又有大批苏北难民涌入，多数靠拉黄包车和码头搬运谋生。村内无自来水、无排水沟、无可通汽车的道路。居民谓之："雨天水进屋，晴天灰茫茫，出门不见路，救护靠人背。"

　　新中国成立后，通过设置给水站、接电铺路、抢修危房等措施，初步改善了棚户区居民的生活环境和居住条件。继之，结合漕溪北路、中山环路的开拓、肇嘉浜填浜筑路等市政工程建设，先后拆迁安置棚户3500多户。但到1976年止，全区仍有棚户12722户，占地面积26.35万平方米。1984年，区政府把市民村的改造列为市政建设成片改建的重点。1986年10月正式动工。迄今已全部竣工验收，建筑面积32.64万平方米。其中包括高层住宅11幢、多层住宅36幢、道路4条，以及变电站、煤气调压站、水泵房、自行车库、商业网点、小学、托儿所、居民委员会办公室等配套设施。所有居民住宅都做到"三表"（水、电、煤气）到户，煤卫独用，电话线进户。村内还辟有占地5400平方米的中心花园绿地。改建后的市民村更名为乐山新村。

4. 乡村瓦房

　　徐汇区的南部，过去是乡村，这里的房屋大多是砖木结构，屋顶则是清一色瓦片。每户人家都至少有面积不等的五六间瓦房。瓦房装有用来透气的木窗，开口向下，打开时需要用一根竹竿撑起。一般民居都是中间客堂，两边厢房（或东西厢房，或南北厢房）。客堂里边是灶间和柴草间，成一字排开。这里的农家几乎每家都养猫，因此常可以看到猫在客堂中间酣睡的情景。最普通和最常见的居住模式是：南房为父母卧室，北房为子女卧室。北房中间隔一道墙或用简易的木板挡住，兄弟住南小间，姐妹住北小间。客堂是饭厅，在灶间烧好饭菜后，端到客堂吃饭。一家人围坐在一只八仙桌四周，其乐融融。家里如果遇到婚事丧事，都用客堂作会场。到了20世纪80年代，随着经济条件的改善，南部这一带家家都盖起了两上两下的新楼房，居住模式也随之改变。

5. 居民新村

　　居民新村即居民住宅小区，是新中国成立后，政府为缓解市民住房难，尽力筹措资金，择地兴建的居民住宅，又称新公房（新中国成立前的公房称老公房）。居民新村配有文教、卫生和商业等设施，并有

> 日晖新村

绿化地带。如1953年建造的日晖一村就是上海市2万户工房工程之一。日晖一村原位于王家坟地，政府在这里建造两层立柱式砖木结构的工人新村，建筑面积约4万平方米。5开间为1单元，前部是两层楼房，后部是一层披屋，楼上地板，楼下水泥地，厨房、洗衣槽等公用部位集中在底楼，5户合用。1965年建筑由两层砖木结构发展到3层4层混合结构。80年代部分住宅加层扩建将原来卫生间两家合用、厨房间四家合用，改为煤卫独用。当时居住这种工房的大多数居民是医生、店员、大企业的劳动模范、电影厂的普通演员等。居民新村与老式房子相比居住条件得到了很大的改善，比如不要像以前住老房子那样倒马桶了。由于厨房、卫生间等部位是合用的，时间长了邻里之间难免有些磕磕碰碰的小矛盾，但更多的是家家户户彼此谦让、互助帮助，应该说温馨多于烦恼。如今新式公寓住房，居民独进独出，矛盾虽少，却家家户户"各管各"，缺乏了温馨感与亲近感。

6. 花园洋房

花园洋房是在上海开埠以后迅速发展起来的一种住宅建筑样式。建筑造型大都模仿国外住宅，一般正屋朝南，院内广植树木，中间为草坪，周围筑高墙。徐汇花园洋房面积共62.4万平方米，占上海市的39%。

> 花园洋房住宅

（1）淮海中路1843号

位于淮海中路1843号的花园洋房是宋庆龄的故居。

宋庆龄故居占地总面积6.5亩（合435平方米），为白墙红瓦假三层西式建筑，砖木混凝土结构，建筑面积七百余平方米，远远望去，宛如停放在港湾中的一艘巨轮。这是1920年德国船王鲍尔特别为自己这幢私人别墅设计的造型。故居分上下两层，底层是过厅、客厅、餐厅和书房，布置得十分雅致朴素。会客厅北墙正中挂着孙中山先生的遗像，南面墙上有毛泽东在1961年看望宋庆龄时的留影。就在这间客厅里，宋庆龄会见过毛泽东、刘少奇、周恩来、朱德、林伯渠、董必武、陈毅等党和国家领导人，以及金日成、伏罗希洛夫、西哈努克、苏加诺等外国元首。客厅西面是餐厅，墙上挂着宋庆龄母亲倪桂珍女士的油画像，厅内陈设着许多外宾赠送的礼品。客厅、餐厅楼梯上的地毯是毛泽东赠送的。这些物品都是宋庆龄生前亲自布置的，显示出主人十分珍惜与朋友之间的友谊。客厅东面的书房中，完整地保存着宋庆龄珍藏和阅读过的各类中外文书籍四千余册，有中、英、法、俄等19种版本。

二楼是宋庆龄的卧室和工作室，布置得非常简朴。卧室内是一套老式的柏木家具，有大橱、五斗橱、梳妆台、大床，都是早年父母送给她的嫁妆，用了几十年没有调换。卧室中一只老式沙发和茶几是孙

> 宋庆龄故居

中山使用过的，宋庆龄经常坐在这里看书、学习。卧室东侧是工作室，从工作室走过内阳台，就是照顾宋庆龄生活起居的李燕娥的卧室。后门出口处有一个汽车间，陈列着1952年斯大林送的小轿车。汽车间旁有一个鸽棚，饲养着宋庆龄喜爱的、象征和平的鸽子。

（2）东平路9号

1927年12月1日宋美龄与蒋介石在上海举行婚礼。翌年宋、蒋迁入贾尔业爱路（今东平路）9号寓所，这是宋美龄在上海的第三个主要寓所。

这是一幢仿古典式的假三层法式洋房。立面为水刷细鹅卵石，仿石块砌筑成立柱及拱门。此楼的正房楼下的大客厅，可坐四五十人，亦可以放电影。该宅外形很像莫利哀路（今香山路）孙中山住宅，蒋以孙中山学生自居，很喜欢这个寓所，并将其取名为"爱庐"。"爱庐"前面原是一个约有30亩大小的花园，内有草坪、假山、小溪。如今这个寓所已成为上海音乐学院附属中学的校舍。

（3）丁香花园

在梧桐树掩映的华山路中段，有一座气派豪华的花园别墅——丁香花园。丁香花园建于19世纪末期，原是晚清时期直隶总督李鸿章建造的私人别墅。李鸿章的小儿子李经迈在晚清时期，先后任工部员外郎、江苏按察使，清政府出使奥地利大臣，民政部右侍郎等官职。1911

年辛亥革命后，清政府垮台，李经迈到上海当寓公，1912年入住丁香花园，直至1938年去世。李经迈去世后，其独子李国超卖掉了丁香花园、枕流公寓等华山路房产，率全家移居海外。

后丁香花园产权几经转手，1942年归"新华影业公司"老板张善琨所有，张又将丁香花园建成电影摄影基地，拍摄古装戏《古屋行尸记》等影片，为建拍电影场景，当时在丁香花园里增设了绿色琉璃龙墙、凤凰亭等景观。抗战胜利后，张善琨因汉奸罪被通缉逃往香港。上海解放后，丁香花园收归国有。后为市委办公机构和内部招待所，改革开放后，花园东部为申粤轩酒家，西部为市老干部活动室所在地。

7. 公　寓

上海开埠以后，由于经济贸易发展和人口的增长，传统民居已不适合人们居住。于是房地产商大量建造石库门房子，后来石库门房子成为上海主要的居住建筑。但大量的两层石库门房子又很占地皮，到了20世纪30年代，上海城市人口进一步增长，土地资源紧缺，于是为节约土地而向高层发展的新型住宅公寓应运而生。

公寓不同于被高墙深院包围的花园洋房，也不同于海派文化酝酿而成的石库门房子。公寓的特点是没有弄堂房子的喧嚣和嘈杂，一门一户彼此不必往来，外人无法了解到个人隐私。每套公寓里厨房、卫

＞武康大楼

生间、阳台、壁橱等一应俱全，加上一般住户都是有相当经济实力、受过良好教育的新派男女，所以公寓里生活优雅而不张扬，安静却不守旧。

现在散布上海街头的老公寓，虽然显得有些苍老，但它们记载着上海近代历史的沧桑故事，既是上海近代历史建筑文化，也是上海城市的宝贵历史遗产。

徐汇区的知名公寓有卫乐公寓、方建公寓、武康大楼等。

（1）卫乐公寓

卫乐公寓位于复兴西路34号，原称卫乐精舍，是由赉安洋行设计的钢筋混凝土结构的点式高层公寓。卫乐公寓建筑立面强调竖向线条，

＞卫乐公寓

具有装饰派艺术风格。它立面对称，中轴设一串挑出的暗红色半圆形阳台，两翼设内阳台。公寓大楼内有宽敞的门厅，大楼前有花园。卫乐公寓饱经沧桑，最初的主人是国民党前行政院长孙科。解放前居住于此的大多为外国银行大班和高级职员。解放后，房管部门对其进行过修缮。这里曾居住过不少名人，如长篇小说《红日》的作者吴强、著名作家王西彦、《中国少先队队歌》及《红色娘子军连歌》的曲作者黄准、上影厂著名导演陈鲤庭等。上海市人民政府于1994年将这幢风格独特的公寓评选为上海市优秀近代建筑。

（2）方建公寓

方建公寓又称建安公寓，位于高安路78弄1－3号，建于1932年。黄色墙面，水平灰色条纹，南立面对称。方建公寓占地4506.69平方米，两幢钢筋混凝土结构公寓，沿建国西路为五层楼，建筑面积3772平方米；沿高安路为四层楼，建筑面积2534平方米；前后两幢有"楼顶走廊"通连。建筑楼梯间外墙面强调纵向线条，顶部向两边有层层跌落的趋势，墙面为红砖和水泥相间色带，局部纵向窗间有多重水平线条，呈现装饰艺术派风格。同时沿街立面中间突出，两边对称舒展，又有法国古典构图遗韵。中国著名电影明星上官云珠曾居住于此。

［四］出　行

徐汇区位于上海中心城区西南部，在1840年鸦片战争以前，这里是上海县城外西郊的农村地带，居民以种蔬菜、棉花为生。因地处江南水乡，区域内河道密布，中小桥梁众多。境内除了钱家塘、陈泾庙、徐家库、小木桥镇、龙华、漕河泾、长桥等几个小集镇外，仅有几条通往上海县城和其他集镇的石板小道与乡间小路。那时陆上交通以传统轿子为主，水上交通以小型沙船（平底木船）和小舢板为主。

1840年鸦片战争以后，上海出现英、法、美租界。1860年法租界越界筑路，先后共修筑道路46条，他们侵占大片农田，拆毁大量中国民居，使徐家汇区东北部变成法租界一部分。

从1860年起直至1949年的几十年间，因大量河浜被填埋筑路，水上交通工具渐渐消失，陆上交通工具进入"轮子时代"。徐汇区的大街小巷，先后出现过独轮车、黄包车、三轮车、自行车、汽车、公交汽（电）车等。1949年新中国成立，徐汇地区的交通进入了一个新时代。

1.沙 船

上海滨江临海,长期以来交通运输以船运为主。当时水上运输由一种叫"沙船"的船只来承担。沙船是一种平底木船,这种船在空载航行时必须装沙压舱,沙船之名也由此而来。

从唐朝直至晚清千百年来,上海地区就利用沙船来进行贸易运输。

> 沙船

沙船的载重量一般不超过1000石(约50吨),到清雍正、乾隆年间,旧式沙船已不适应当时航运需要,经过改革,启用新型沙船,其载重量增加了一至二倍。在清朝乾隆嘉庆年间上海黄浦江上聚集的沙船约有3500只至3600只之多,其中大型沙船一次可载重3000石,小沙船可载1500石至1600石之间。

沙船运输一直延续到19世纪60年代,由于外国轮船操纵了中国沿海和内河运输,并受到封建官办企业招商局排挤,才开始衰弱下去。

2.小舢板

上海地处江南水乡,早年河道密布,人们运输、出行以一种小型木船——小舢板为主。这种小舢板靠人力摇动木浆或橹为动力。在上海开埠前的龙华镇、华泾镇地区对江摆渡,及肇家浜、蒲汇塘、李从泾等中小河道上到处可见这种小舢板。

这种小舢板,在风雨交加、波浪翻滚的黄浦江中行船尤其惊险,一会儿被波浪吞没,一会儿又从波浪中冒出,看了让人直冒冷汗。小舢板至20世纪50年代逐渐消失。

3. 轿 子

轿子是中国古代就有的交通工具，历朝历代一直是文官坐轿，武官骑马。那时上海的富贵人家，进入大门都有停轿子的轿厅，专门雇有私人轿夫，随时听候使唤。

当时的百姓，如上县城，或去龙华庙会等地。不是坐船就是坐轿子。当时在龙华、漕河泾、徐家库、钱家塘等集镇都有商业性的轿夫等待顾客，边上还有挑夫拿着扁担和绳索和轿夫一起等待顾客雇佣。轿子和挑夫直至上海开埠前后才退出历史舞台。

＞花轿

4. 独轮车

继轿子之后，上海交通工具进入了"轮子时代"。最先成为上海陆上交通工具的是马车和人力车，但作为主体的则是人力车。根据时间排列，首先出现在上海街头的是独轮车。

独轮车，又称"羊角车"长期流行于长江以北广大农村。从19世纪60年代开始，大批来自苏北破产农民，全家人坐着这种独轮车，涌入上海来谋生。独轮车一次可载运200公斤货物，远比挑夫来得轻便快捷。当时上海还没有宽阔的马路，这种木质独轮车能在大街小巷灵活运行，没有货运时又能载客人，一辆独轮车能坐七八个人，车资分摊，十分便宜。到19世纪末期，独轮车成为上海使用最广泛的客货运

>19世纪末期，独轮车是使用最广泛的客货运输车辆

输车辆，当时在租界当局捐照的独轮车在一万辆以上。

5. 西式马车

19世纪50年代，上海出现的四轮马车是从欧洲传来的。租界开辟后洋人引进西方四轮马车，前面两个小轮子，后面两个大轮子，车身为敞篷车。其中一类高级马车，采用橡皮车轮，还有装饰考究的车厢，车身底部装有弹簧，乘坐舒适平稳，这种高级马车被称为"亨司美"马车。

这类高级马车，都为洋行大班、买办、清朝高级官吏及家属乘坐。19世纪末期，丁香花园完工后，李鸿章姨太太从天津乘船到上海，由当时邮传部尚书盛宣怀带姨太太亲自到码头迎接。李鸿章莫氏姨太乘坐的马车就是这种高级的"亨司美"马车。

那时这些公馆里的姨太太、小姐、少爷就经常乘坐"亨司美"马车去张园、愚园、跑马厅、外滩一带游玩，有时也去龙华、漕河泾一带逛庙会、赏桂花。

6. 黄包车

法国商人米拉在1874年从日本引进一种人拉的二轮车，因其车来自东洋，被叫作"东洋车"，又因为起初将车辆涂成黄色，所以也叫"黄包车"。

当时法国人米拉一共引进了300辆，这种车辆是在日本明治三年（1870）发明的，有两只高大的轮子，轮子是木制的，外面包层铁皮以耐磨擦。时间长了铁皮车轮损坏了路面，租界当局出来干预，要求将黄包车加以改进，后来就出现了橡胶轮子的黄包车。这种新式黄包车

> 黄包车

逐渐风靡上海，从19世纪末到20世纪30年代中期，上海街头最流行的交通工具就是黄包车。

7. 自行车

1874年英国人劳森制造了一种前后车轮直径相同，并用铁制链条和齿轮驱动后轮前进的人力两轮车。到了1888年，英国邓洛普公司采用橡胶为原料，制造出可以充气的橡皮轮胎后，自行车逐渐成为轻便的理想交通工具而广泛流行。

自行车传入中国是在1876年前后。民国以后，骑自行车出行大为普及，上世纪70年代几乎每家都有自行车，成为人们上班、上学、代步的交通工具。上海人称自行车为"脚踏车"。

8. 三轮车

上海街头曾经流行的三轮车，据说是在太平洋战争爆发后，由于市场上汽油供应紧张，而被人发明出来的。当时的三轮车，有好几种类型。有的车身在前面，有的车身在旁边，有的车身在后面。以上这些三轮车车型现在在东南亚一些国家的马路上还可以见到。

后来经过一阶段试行，感到车身在后面的三轮车最稳妥安全，后来这种两乘坐三轮车在上海流行起来，抗战胜利后黄包车逐渐被三轮车所取代。

> 人力三轮车

　　随着时代变迁，黄包车、三轮车早已成为历史，现在只有在博物馆、影视基地才能见到这些历史古董。随着人民生活水平提高，当前上海人家已进入私家轿车时代。

9. 汽　车

　　20世纪初，甲壳虫样子的小汽车在徐汇区出现了。最初引进的小汽车，由于都是以柴油为动力，所以，开车的时候尾气很厉害，刹车时的声音很刺耳，但是，它毕竟代表着车主的地位和权势，所以开的人不少。徐汇区的"上只角"因是富人聚居地，所以从20世纪初叶开始，各公馆里都有自备小汽车、汽车间和车夫，车主常常是当时的商贾或官僚。至于小汽车成为出租车使普通工薪阶层也能偶尔乘坐，及有轨电车和公共汽车的出现，则是以后的事了。

10. 公共汽（电）车

　　上海是近代中国最早出现公共汽（电）车的城市。最初出现在上海街头的电车没有车门，乘客可以随时跳上跳下，被称为"飞车"。清光绪三十四年四月初五，法商上海电灯电车公司第一条有轨电车线路2路举行通车典礼，次日通车。第一天免费乘车，第二天法商上海电车电灯公司在法租界开始营运有轨电车，线路从十六铺至善钟路（今常熟路），后延伸至徐家汇（今市百六店门前），全线长达8.5公里。另一条是法商的22路汽车线路，它与现在的42路除了所经马路稍有出入外，整个行驶的路向基本相同。公共电车、公共汽车的出现，给市民出行带来了极大的方便。当时对于坐惯了黄包车的市民来说，公共电车、公共汽车确实是新鲜事，从好奇地乘上免费电车开始，到渐渐习惯了自掏腰包，将乘坐电车、汽车当作必不可少的交通工具。

据1937年统计，上海当时共有有轨电车线路24条，总长111.4公里，无轨电车线路11条，总长42.7公里，公共汽车线路18条，总长130公里，上海成为当时亚洲城市公交最发达的城市。

近代上海陆上交通工具，从轿子到汽车、电车的演变中，可以看出现代科学技术发展的轨迹，也是上海城市向现代化迈进的证明。

［五］ 桥 梁

1. 中市桥

中市桥是人行石桥，横跨漕河泾港。因其位于漕河泾老街中段，故名中市桥。又因为桥北侧曾有一座城隍庙，当地人又称其为庙桥。该桥是在原太平桥遗址上重建的。

中市桥的易名和迁址，都与它所跨河道功能和周边环境有关。漕河泾港东连龙华港，通黄浦江，西连东西上澳塘港，通往泗泾、松江，北连穆家塘、蒲汇塘港，通往七宝等地。该港昔日曾是通往松江、七宝等地运送米、棉等货物的水路航道。中市桥建于漕河泾老街商市兴盛地段，南有工厂和薛家宅等村宅，北有闹市。原中市桥是清同治六年（1867），在旧太平桥原址上重建的。由当地人杨忠、唐锡荣、吴荣等筹建，同治九年（1870）建成。它长21米，宽3.1米，桥面由三节九块长石条组成。河心立桥桩两个，各由长条石三块构成，桥南北块各有九级石台阶。中市桥原没有栏杆，清光绪六年（1880）添置了木栏杆。民国三十年（1941），木栏腐朽，改建水泥栏。新中国成立后曾又重新整修。进入20世纪90年代，漕河泾周边地区发展变化很快，1996年漕河泾港南岸的冠生园路辟通，1999年9月位于漕河泾港北侧的光大会展中心建成开业，2000年1月漕河泾港停航，漕河泾老街实施改造工程，2001年徐汇区城建部门结合对漕河泾港整治，将习勤路辟通拉直与冠生园路接通。此时，中市桥被停止使用，而在原桥西二十余米新建钢筋水泥的习勤路桥，桥宽16米，长22米。2002年8月建成通行。

2.斜土十桥

斜土地区在明清时期沟浜纵横，河上桥梁较多。主要的桥梁有：

（1）南新桥

这座桥是清朝道光年间由太仓人顾锡麒所建。南新桥呈南北向，横跨于泗泾塘上。20世纪50年代建日晖六村时南新桥被拆除，故址在今斜土地区日晖六村徐汇区业余大学操场处。

（2）里日晖桥

里日晖桥原名三元桥，又名日晖桥。最初是李宗袁修建的，咸丰年间同仁辅元堂重建。桥横跨日晖港。故址在今瑞金南路打浦路泵站处。

（3）外日晖桥

外日晖桥是清朝嘉庆年间建造的石桥，横跨于日晖港上。1870年修筑龙华路时，此桥曾作为龙华路的一段。抗日战争时期，此桥被炸毁。故址在今上海市木材交易市场与建材技校交界的围墙处。

（4）潘家木桥

晚清时，有潘姓人在斜土地区建房定居，称为潘家宅。当时有两座桥都因潘家宅而得名，称为潘家木桥。一座在潘家宅西侧，横跨肇嘉浜南北。故址在今肇嘉浜路193弄弄口。此桥于1913年重修，1935年拆除。另一座位于潘家宅南侧，架于肇嘉浜的支流上。故址在今斜土路1219弄45支弄及50支弄一带。此桥于1957年被拆除。

（5）铁路桥

铁路桥于1907年建造沪杭铁路时期建造，横跨日晖港。1937年，此桥被日军炸毁。故址在今上海市木材交易市场东头。

（6）小马桥

小马桥后来被称为小木桥，在小木桥镇北侧，东西向横跨于小木港上。故址在船厂路北首的中山南二路上。抗日战争时期，日军封锁黄浦江面，沙船停止行驶，小木桥镇因此日趋衰落。小马桥也无人修理，日益破损，自然湮没。

（7）高家石桥

高家石桥建于清末民初，东西向跨于泗泾塘上。桥面用两块石板相并，桥身为拱形。当时，高姓在泗泾塘西边建有坟地，为祭奠方便而建造，因此得名。20世纪60年代建造日晖六村工房时被拆除。

（8）大木桥

大木桥在今肇嘉浜路与大木桥路交汇处，原跨肇嘉浜南北两岸。1913年修筑，曾是肇嘉浜以南地区与法租界通道之一。桥墩为三孔钢筋混凝土，桥面为木质，故称为大木桥。此桥桥面较宽，可同时通行两辆拖车。抗日战争期间，桥身曾被炸毁。1944年5月，此桥被拆除重建。1954年填肇嘉浜时被拆除。

（9）平阴桥

平阴桥位于斜土社区东部的斜土路上，地处徐汇与卢湾交界处的日晖港上，为东西走向。此桥建于1915年至1918年间，由上海知县沈宝昌督建。沈宝昌为了讨好当时淞沪护军使何丰林，用何丰林的籍贯平阴命名此桥。初建时，此桥为木质。桥长10.82米，宽9.14米。1942年曾修缮过。1944年重修，改为混凝土桥墩、木板桥面、铁管桥栏。解放后重修，改为单孔钢结构，桥跨径10.34米，净宽8.43米，桥底层高5.11米。1983年9月再次拓展成钢筋混凝土简支桥。桥长15.74米，跨径15.4米，车行道宽8.53米，人行道宽1.64米，总面积为185.42平方米。1993年日晖港填浜埋管时，此桥被拆除。

（10）康衢桥

康衢桥位于斜土社区东南部的中山南二路上。此桥横跨日晖港，始建于1924年。此桥附近有徐光启青年时代烧炭的康衢双园，因此得名。初建时，该桥桥墩系钢筋混凝土，桥面是洋松铺就，人行道高于桥面。1951年，此桥被改建为钢筋混凝土桥面。桥长34米，两处人行道各宽3米，中间机动车道宽为16米。1958年和1986年两次重建，后因拓宽道路，康衢桥被拆除。

3.百步桥

　　龙华百步桥位于宛平南路南端龙华港出黄浦江处。原来是一座木桥，因横跨在百步塘（即龙华港）上，桥长约百步而得名。百步桥的始建年代无法考证。明万历四十一年（1613），木桥毁坏严重，一位名叫张所望的龙华人，出资倡导重建，将木桥换成了石桥。后来，清康熙至光绪年间屡次修缮。其中以清乾隆四十五年（1780）重建的规模最大，历时3年才竣工。清代最后一次重修改建是在清光绪十二年（1886），历时2年完工。修建完毕后的桥，长十九丈八尺，宽一丈二尺。砖桥面代替了石桥面，铁栏杆代替了木栏杆。

　　在百步桥北，原有卧龙庵施相公庙，内供施相公塑像及嘉庆修桥碑。和卧龙庵相对的有一福德祠，建于光绪十四年（1888）四月。福德祠门嵌着一副对联，上联"百步跨虹梁，气象重新资众力"，下联"一亭如鸟翼，雨风小憩便行人"。

＞百步桥

抗日战争爆发，日军为侵占龙华机场，打通百步桥至龙华路道路，同时修建百步桥；民国三十三年桥上始通汽车。抗战末期，日军为扩建龙华机场，大拆桥垛祠庙，碑石尽失。新中国成立初，桥又重修，建成3孔混凝土桥面，长43米宽5.2米，中为车道两侧行人，载重量20吨。1982年2月将原桥拆除重建，1983年5月竣工，为3孔混凝土桥，长50米，宽12米，载重量为100吨。

4. 枫林桥

位于徐汇区境内，肇嘉浜路、枫林路、岳阳路口周围一带。地境初系农村地带，有肇嘉浜东西横贯。1920年上海护军使何丰林用低价强行购买肇嘉浜南侧民田106亩，建一条南北向柏油路，同时在路北端肇嘉浜上建一座钢筋水泥桥，以自己名字分别命为丰林路和丰林桥。自此沪人以桥名指称该地区。1927年7月上海特别市市政府设于桥南平江路，11月改桥名为市政府桥。1928年以原桥名谐音改作枫林桥。1954年筑肇嘉浜路时拆除桥体，该地名因已成习俗而依然沿用，直至现今。今地境沿路有中国科学院上海分院、中国科学院细胞生物研究院、中山医院等单位。

[六] 老地名

区境内有许多耐人寻味的老地名，这些老地名现已从地图上消失，但它从一个方面见证了徐汇地区的沧桑变迁。

1. 曹家巷

现在的淮海中路西段，即原"宝昌花园"（乌中花园）和"牛奶棚"一带，19世纪末还是一派江南田园风光。因地处水乡，河浜池塘散布其间，四周多为菜地，田边有些零星本地农舍，房前屋后都是青翠的竹园。最大居民点为曹家巷（现鸿艺豪苑处）。曹家巷因19世纪中期曹氏家族在此聚居而得名，居民大多以种菜为生。巷前原有一条石板铺就的官道，是上海县城通往法华镇的官塘大道。巷子北面有一条名叫"方门泾"的小河浜（今永福路147弄）流过，河上有小石桥贯通南北，每逢夏季午后雨停之后，小石桥上空有时会有一条彩虹出现，放眼望去这里的河浜、池塘、菜田、农舍和小石桥上空的彩虹，构成了一幅美丽的田园景色，本地居民世代过着悠闲自得的农耕生活。

到了清朝光绪二十年(1901)，法租界公董局越界筑路建成宝昌路(1915年起改名霞飞路)，因巷口正对着马路，曹家巷也改名曹家弄(今淮海中路1522弄)。在其后十几年间，又先后建成福开森路(即今武康路，1907年建)、麦琪路(即今乌鲁木齐中路，1911年建)、白赛仲路(即今复兴西路，1914年建)和居尔典路(即今湖南路，1918年建)，使这里基本形成城市格局，成了法租界西区。来自欧美各国的洋人，依仗不平等条约中所给予的特权，纷纷在中国土地上占地建房，在当时宝昌路和贝当路(即今衡山路)一带建起大片欧式花园洋房和公寓。到了20世纪30年代达到高峰，其总数占上海花园洋房总数的38%，各式各样西洋建筑，使这里成了"万国建筑博览馆"。法租界的扩张，使原来曹家巷一带的农舍消失了，河浜池塘填没了，石板小道拆除了，小石桥上空的彩虹也消失了。小桥流水的江南田园风光成了历史记载。这里成了"东方巴黎"、"东方彼得堡"，是外国传教士、洋行大班、流亡白俄贵族、中国买办的天下。

当年的法租界早在半个多世纪前就已消失了。改革开放以后，城市面貌发生了翻天覆地的变化。当年"曹家巷"旧地已建起三栋现代化的高楼，马路对面昔日"牛奶棚"已建成宏伟的上海图书馆，当年霞飞路上的有轨电车早已消失，马路上行驶的是新型国产巴士，在原"宝昌花园"地下，地铁一号线正在快速行驶，在原"恩派亚"大楼对面(今淮海大楼)地铁七号线开始动工兴建，在"林肯公寓"(今曙光公寓)边上，地铁十号线前期准备工作已经开始，若干年以后，这里交通将四通八达。当年的西洋"万国建筑"经过整修粉饰也被保护起来。现在这里马路平整，道路整洁，绿荫掩映，环境幽静，一个和谐、安定的国际现代化社区呈现在人们面前。

2. 土山湾

土山湾位于上海市区西南部的徐家汇。清代，徐家汇南面的肇嘉浜沿岸一带，曾因疏浚河道，堆泥成阜，积在湾处，故得名"土山湾"。

土山湾在近代受到世人瞩目，与天主教有关，而天主教在上海的传布，又与徐光启有着很密切的关系。明万历三十一年（1603）徐光启受洗信教，他的家人、族人中有很多也成为虔诚的天主教徒。由于徐光启的影响力，上海地区在明末清初信仰天主教的风气很盛，徐家汇一带也成为传布天主教的重要基地。从1847年开始，徐家汇地区先后修建起天主堂、大小修道院、公学、藏书楼、圣母院、博物院、天文台等，形成了以土山湾为中心，方圆十几里的天主教社区。清同治三年（1864），教区命人将土山湾的土山削为平地，土山故迹即不复可寻，但"土山湾"这个地名却一直流传了下来。

传教士们在土山湾创设起孤儿院（前身为法国传教士薛孔昭于1849年创办的横塘育婴堂），专收六至十岁的教外孤儿，"衣之食之，教以工艺美术，其经费由中西教民捐助"；"孤儿略大、能自食其力后，或留堂工作，或出外谋生，悉听自便"（《徐汇纪略》）。传教士在创设孤儿院的同时，还创办了土山湾工艺厂，先后设置有木工部、五金部、

＞昔日土山湾

中西鞋作、印刷所、图画间、照相间等部门，由中外教士传授技艺。正是这个最初只为容纳孤儿工作而设立的工艺厂，无意中却成了中国文化史上重要的一页。中国近代的不少新工艺、新技术、新事物皆发源于此，如西洋油画、镶嵌画、彩绘玻璃生产工艺、珂锣版印刷工艺、石印工艺以及镀金、镀镍技术等等。"土山湾"这一地名也因为工艺厂的多重重要价值而青史留名。

3. 四村一园

抗日战争爆发后，江淮地区难民大批流入徐镇地区，他们就地搭棚而居，形成棚户简屋集中的"四村一园"。

原徐镇路街道南面，抗日战争前，这一带多为荒地、坟丘和菜园，居民甚少。"八·一三"淞沪抗战爆发后，南市、斜桥一带居民为逃避战火纷纷来到这里落脚，这一带被叫做"南贫民村"。"北平民村"在原徐镇路街道中部，抗日战争以前，"北平民村"原是一片荒地坟山。日军侵沪后，居住在南市的本地人，由于家园被日寇炮火毁灭，被迫逃到此地。还有苏北、安徽等地的难民到此谋生，居民中大部分以拉黄包车、踏三轮车、拉板车为业。"市民村"在徐镇地区北部，此地原是一片空地，间有坟丘和河浜。抗日战争期间，江苏、安徽、浙江等地一批逃避战火的难民在此搭棚定居，形成住房简陋，人口密集的棚户区，习称"市民村"。"辛民新村"在原徐镇路街道东部，1930年左右，这里大多是荒地、臭水浜及坟地，抗日战争开始后，从苏北、安徽等地来沪的大批难民在此搭建草棚"滚地龙"定居，生活十分贫困，成为闻名的棚户区。"小花园"在原徐镇路街道东面，1937年虹桥路一带是近郊地区，人烟稀少，坟头散布，沟浜纵横，居民以种菜为主。据说当时有一个刘姓司机住在虹桥路，在这里搭建花棚，后称这一带为"小花园"。抗日战争爆发后，江苏、山东、安徽等地难民为逃避战火流落此地，大多以拉黄包车、踏三轮车、拉板车谋生。新中国成立后，通过填臭水浜、动迁，建造砖瓦平房、居民新村以及高层建筑，原"四村一园"居民的居住、生活条件逐步得到了改善。

4. 乌泥泾镇

古乌泥泾镇遗址在今徐汇区华泾镇的平桥村、东湾村、西湾村一

带。当地有一条与黄浦江相连的河流叫乌泥泾，因此得名。乌泥泾很早就形成一个聚落，后来又发展成为市镇。据考证，乌泥泾镇约设置于北宋宣和初年（1119）。

乌泥泾古称"宾贤里"。据说此地曾挖掘到一块古碑。碑文中称当地为"宾贤里"，意在炫耀这里人才荟萃。1936年，上海通志馆一行到华泾访古，在西湾村附近发现镌有"宾贤桥"字样的石块与桥面。据考证，此桥位于东湾村西首中心河上。但何时由"宾贤里"改为"乌泥泾"已难考证。当地历史名人众多，如张百五、黄道婆、王逢、张守中、刘三、陆灵素等等。王逢原本不是乌泥泾人，后来迁居到乌泥泾。

乌泥泾镇的兴旺发达，在于其优越的地理位置和重要的经济地位。元明时的乌泥泾镇，水陆交通方便，市面繁荣。特别是黄道婆在乌泥泾传播棉纺织技术之后，乌泥泾镇的棉纺织业发展迅速，变为引人注目的富庶之地。元至元十八年（1281），这里设有"太平仓"，可储粮20万石，是松江府漕粮的转输重地。其后，又在此设置"乌泥泾巡司（治安机构）"。明洪武六年（1373），在此设"税课局"，负责征收商税事宜。当年税课局的关卡遗址在关港村黄浦江边。

嘉靖年间，东南沿海发生"倭患"。成群倭寇骚扰沿海富庶的城镇乡村，乌泥泾也未能幸免。几番洗劫之后，繁荣的乌泥泾镇一蹶不振，逐渐衰落成为一个普通的乡村。

生产商贸民俗

[贰]

上海1843年开埠后，1851－1861年间，徐景星在东生桥（今虹桥路东）盖三间茅屋作米铺，成为徐家汇第一家商店。此后，在资本主义市场经济发展的影响和带动下，上海商业也进入了繁荣期。徐家汇的公司、工厂、店铺如雨后春笋般得到发展。从20世纪初开始的近二十年间，租界内的法商东方百代唱片公司、英商可的牛奶公司和俄商克莱夫特食品厂等外商企业纷纷开业。境内华界地区以19世纪70年代上海江南制造总局开设的龙华火药厂为先导的近代民族工业，也获得缓慢的发展。第一次世界大战后，境内民族工业发展较快，除上海水泥股份有限公司、泰山砖瓦厂等几家规模较大的企业外，大都是轻纺、食品等小型企业。民国二十六年（1937），淞沪抗战爆发后，中国钟表制造厂、景福衫袜织造厂和中比镭锭治疗院等相继迁入徐汇区租界内避难。大量的农业剩余人口和破产人口作为雇工和学徒涌入城市，产生了新的劳资关系。随着这些民族企业的形成和发展，出现了不少工商界巨子。丝绸大王莫觞清，机器大王严裕棠，颜料大王周宗良落户在宝庆路一带豪宅中；绒线大王沈兰舟，钢铁大王朱恒清，棉纺、面粉大王荣德生，火柴、水泥大王刘鸿生，桐油大王沈瑞洲，橡胶大王薛福基，雨衣大王陈汉良，月饼大王冼冠生等也纷纷斥巨资，在如今的徐汇区地段造起花园洋房。在上述背景下，渐渐形成了徐汇区境内工商业界的一些习俗。

［一］店名习俗

上海开埠以后，徐家汇逐渐发展成为上海繁华的商业中心之一。大店小铺鳞次栉比，百业俱全。各商家店铺制成各具特色的商店招牌，招揽顾客。店名对商铺来说是非常重要的，不仅关系到商铺的声誉，更与生意的兴隆与否密切相关。徐家汇周围店铺的店名，大概有以下几种命名方法：

1．将自己的姓或姓名冠于经营内容之前作为店名。这是最简单的一种命名方法，既可以昭示店铺的所有权，还可以与其他相同类型的店铺形成明显的区别，如"冠生园"、"方记"等。如果是两人以上的合伙经营，一般采取合成的方法命名店铺，即从各人的名字中各取一字或几字组合而成，或者从各人的名字中概括出共同点，如"徐金记"。

2．以吉祥字冠于经营内容之前来命名店铺。发财致富是商人们最强烈的愿望和最高目标，由此，兴、隆、发、财、富、贵、茂、盛、昌、荣、利、源等吉祥字就常被店家用在店名上。这样的店名充分体现了店家希望事业顺利、生意兴隆的强烈愿望。同时，这些店名本身也是一种"口彩"。人们在提及店名的时候也同时说出了寓意祝福的字，这是一种讨口彩的方式。如"缘禄寿司"、"永隆"、"福和"、"好运"等。

3．以姓或姓名加吉祥词冠于经营内容之前来命名店铺。这种方法是前两种方法的综合。店主既将自己的姓名置于店名中，又把兴旺发达、富贵荣华之类的吉祥词也加入其中，用这种方法来企求本人和店铺的吉祥顺利，如"邢裕泰"。

4．以地名冠于经营内容之前组成店铺名。有些店铺设在比较有名的路段上，或者设在知名建筑内。这些店铺的店主往往因为想利用地名扩大自己店铺的影响，而将地名加在店名上。如"乔家栅食府"。

5．店名反映一定的商业道德，如"美心"、"公泰"、"慈佑"等。

6．店名反映一种美好的祝愿，如"汇金"、"曙光"、"胜利"等。

7．以高雅的名称命名，如"紫罗兰"、"雷茜"等。

8．以外国译音命名。如"克莉丝汀饼屋"、"可的牛奶"、"克莱夫特食品"等。

[二] 特色老商标

  徐汇区的工业在中国近代工业历史上起步较早，有着辉煌的历史，有很多知名的老产品、老商标，曾创造了众多工业门类的国内"第一"。在军工产品方面有枪炮、火药生产等。在民用工业方面有食品、肥皂、牙粉、水泥、棉纺织、缝纫机械、唱片、橡胶等。甚至在早期美国费城、芝加哥等世博会上，有许多产品先后获得了多项世博会大奖。

  固本牌商标：1909年由上海徐家汇德商固本肥皂厂生产的肥皂，冠以固本商标，以价廉质优在上海、浙江一带很快成为畅销产品。1916年后，该厂几经转手盘给了夏粹芳等开办的五洲大药房，总经理项松茂接办后即筹划继续生产，但是，德商将关键技术"石灰硷化间接制皂法"秘方带回国，因而无法投产。后几经努力于1921年开始恢复生产，牌号改为五洲固本肥皂。由于配方仍未掌握，质量甚差，无法打入市场，该厂肥皂部主任便到英商中国肥皂公司当临时工，潜心学习，吸收了该公司出品"祥茂"肥皂的配方与工艺流程，回厂后与工程技术人员合作，终于解决了配方及工艺难关，生产出质量优于祥茂及原固本的五洲固本肥皂，迅速成为国内市场上堪与祥茂等洋肥皂抗衡的国货肥皂。1949年后，该厂并入上海制皂厂，五洲固本肥皂依然保持着品牌质量和声誉。

  无敌（蝴蝶）牌商标：我国第一家缝纫机生产企业——协昌缝纫机制造厂的商标。该厂前身是协昌铁车铺，创建于1919年。1922年协昌重新筹资银洋2000元，扩建为协昌号铁车机器店。1925年起又专为美国胜家公司代销缝纫机和零件。1928年开始，协昌开始制造普通工业用缝纫机。抗日战争胜利后，协昌设新厂生产车壳及部分零件，产品取名"无敌"，以寓与洋货抗衡之一意。为提高质量，在缺乏测试仪器的情况下，采用目测、手摸、耳听等方法进行检验。在产品销售上，除了在银幕、报刊上大做广告外，还采用分期付款、送货上门、保用保修等方式，参与市场竞争。1949年时年产量为1万余台。1949

年后"无敌牌"改名为"蝴蝶牌",企业的经营特色得到恢复和发扬。

象牌商标:创办于 20 世纪初的华商上海水泥公司,于 1923 年呈请北洋政府农商部商标局注册了我国第一件水泥商标"象"牌。当时,天津启新洋灰厂有"马牌"商标水泥;日本小野田厂有"龙牌"商标水泥。如何也选一个动物标牌,既要超过他们,又不授人以柄,看来"象"的沉稳、大气是最好的选择了。

双钱牌商标:国内第一家汽车轮胎生产企业——大中华橡胶厂的产品商标。该厂由余芝卿和薛福基在 1926 年合伙建立,1928 年投产。最早生产的是"双钱"牌胶鞋,这个商标是否寓意"两人共同发财"已不得而知。

﹥大中华橡胶厂原址的标识——烟囱

　　雄鸡牌商标：为东方百代唱片公司注册使用的商标。因为法国PATHE_MARCONT唱片公司，翻译成中文为"百代"，是PATHE的译音口彩，又因该厂建在东方上海，故取名为东方百代唱片公司。用"雄鸡"作为商标名既有唱片可以发声，如雄鸡报晓之意，又有雄鸡一唱天下白，太阳从东方升起之意，寓意公司蒸蒸日上。

　　冠生园商标：为冠生园食品厂的注册商标。该厂厂主冼冠生。该厂生产的月饼、饼干、糕点、糖果、蜜饯等享誉上海。1939年，厂主冼冠生聘请著名电影明星胡蝶为企业形象代言人，其广告语为"惟中国有此明星，惟冠生园有此月饼"，此后冠生园名声大振，被沪上称为"月饼大王"。

　　福字牌商标：上海泰康食品厂（前身为上海济南罐头食品有限公司、中国泰康罐头食品有限公司）的注册商标。该厂生产的"福字"牌饼干、罐头食品曾获得美国费城世博会大奖。

　　金盾牌商标：我国第一家番茄酱生产厂——中国梅林罐头食品厂，在1930年首先生产独特的调味产品"金盾"牌番茄酱。其寓意为"质量过硬"。1933年"金盾"牌番茄酱曾在美国"世纪进展"国际展览会上大获成功。

　　乔家栅商标：创办于1909年的乔家栅食府于1984年注册商标"乔家栅"。乔家栅食府老板李一高原来在南市乔家栅路开的店铺名称是"永茂昌点心店"，附近地区点心店很多，食客习惯地说"到乔家栅吃点心去"，反而将"永茂昌"忘记了。由于生意红火，后来开的分店就取名乔家栅"。几十年来这个店名已经被上海老百姓所接受，注册商标为"乔家栅"是自然而然的事了。1993年"乔家栅"被国内贸易部评为"中华老字号"，2006年被中华人民共和国商务部认定为第一批"中华老字号"。

　　飞机牌商标：创办于1935年的华元有限公司是一家生产染料的企业。于1951年1月注册了"飞机牌"商标。至于为什么用这个商标，已无从考证。该厂曾改名为上海染化十厂。该企业于2006年被认定为上海51家"中华老字号"之一。

　　白猫牌商标：创办于1948年的白猫有限公司，系国内首家合成洗

涤剂生产企业，也是国内最大的合成洗涤剂生产企业之一。该企业曾使用过"新上海牌"商标，1963年注册商标"白猫牌"。该企业于2006年被认定为上海51家"中华老字号"之一。

大地牌商标：该商标是永新雨衣厂生产的雨衣商标。原先该厂用的是ADK牌商标，商标中的英文字母"ADK"有人认为是英文American Dress King的缩略语，意为"美国雨衣大王"；也有人认为是英文Asian Dress King的缩略语，其寓意是"亚洲雨衣大王"，有趣的是永新雨衣厂创始人陈汉泉对此不置可否。新中国成立后，该厂登报征求新商标"大地牌"的图案，陈汉泉明确解释说，新商标寓意祖国地大物博，中国人民站起来了，大地回春。

［三］旧时工商习俗

1. 三年学徒

解放前，学徒一般在十五六岁进厂，还必须签订一个期限为三年的合同，且要有担保人签字画押。学徒生活很艰苦，但对于当时农村中经常挨饿的孩子来说，有吃有住已经令他们十分满意了。学徒一天上十小时的班，十天一倒班。早班倒班时休息一天。他们每人每月可获得五个铜板的零用钱，用于一些生活必需品的购置，如肥皂、毛巾等。穷人的孩子每年还会攒下一些钱孝敬父母。学徒由父母或亲戚从乡下带到厂里后，厂里会选派师傅带教。因为学徒比较多，有时一个师傅要带五六个徒弟。学徒有很正式的拜师仪式，首先要烧三支香，然后宣读合同里的一些规定。拜师后，学徒一般会从农村里带些猪肉、鱼、花生、年糕等农产品送给老板和师傅。每逢腊月，乡下杀猪以后，学徒的父母也要带上年货送给老板和师傅表示感谢。

2. 年尾讨账

年尾是店家在一年中最忙碌的时候。一方面生意红火，是一年中的销售旺季；另一方面，年尾也是各家清理一年来往账目，向欠户索取积欠货款的时候。各个店家都会派出专门的人办理讨账事宜，于是街上便出现了一支颇有规模的讨账队伍。还账爽快的毕竟是少数，有许多出于各种原因而不能按期还账的店家或私人就会被讨账者穷追不舍。这些讨账的人，往往不分昼夜地盯着欠账者。按惯例，讨账只能讨到除夕，新年里是不能讨的，否则会讨来晦气，于己不吉利。因此对躲账的人来说，除夕是最后一关，被称为"年关"。如逃过此关，明年又当别论。于是他们一直与讨账的人周旋，千方百计度过除夕这一年关。

3. 学徒过年

学徒的新年是从年三十晚上开始的。学徒要向老板及师傅叩首拜年。老板或师傅则给学徒送一个三角纸包，里面是糖果、花生米等零食。对于这些学徒来讲，过年是最高兴的事了，有吃有玩，一年就盼这一天。他们在车间和饭堂大门处贴上春联和印有财神、生肖或者"福"字的年画，期盼来年好运气。吃年夜饭是过年的重头戏。学徒吃饭，平时都是一个菜。但年夜饭比平日丰盛多了。吃完年夜饭，学徒们在空地上燃放鞭炮，祈求一年生意兴隆。

初一、初二、初三照例放假。学徒们一般都无法回家过年。想孩子的父母会在岁末带些农产品来看看在上海学手艺的孩子。对很多学徒来说，去大世界游玩是他们最想做的事情。在过年期间，不少学徒都会去大世界照哈哈镜、看戏、看电影等。

4. 送元宝、接财神

农历新年接财神所用之鲤鱼被称为元宝鱼。因"鲤鱼"与"利余"谐音，寓招财进宝之意，故名。旧时沪上鱼贩子届时往往将鲜蹦活跳之鲤鱼用红丝绳穿鳍，挨家挨户上门叫卖，谓"送元宝"。

俗传农历正月初五日为财神诞辰。沪俗于正月初四夜开始燃放爆竹，争迎财神。不放爆竹者，曰"闷声大发财"。因鲤鱼与"利余"谐音，故迎财神多以鲤鱼、羊头为祭品。旧时商家为求新年开市吉利，还大摆"财神酒"，率员工依次向财神敬拜。凡不令敬拜者，意即不再聘用。财神又称"五路财神"、"路头神"，故接财神亦称"接路头。"

5. 老虎灶

老虎灶又称熟水店，也就是专卖开水的店，因烧水处的炉膛口开在正前方，如一只张开大嘴的老虎，灶尾有一高高竖起的烟囱管，就像老虎翘起尾巴，因此上海人很形象地称之为老虎灶。上海有一句话叫"泡开水"，指的就是到老虎灶去买熟水。当年在棚户简屋集中的徐镇路地区，老虎灶在当地百姓生活中是不可或缺的。居民喝茶、用熟水全靠老虎灶。不少老虎灶除供应熟水外，还兼营茶馆、浴室。

原徐镇路上的三妈妈老虎灶就是这一类型的熟水店。三妈妈当年来到徐镇路时，看到附近有三家棺材铺，每天有大量的木屑、刨花和碎木块堆积。精明的三妈妈请人垒起了灶，架起了锅，卖起了熟水。熟水店给三妈妈带来了经济来源，也给当地的居民带来了方便。三妈妈并不满足现状，她把店铺内和门前的空地利用起来，开起了茶馆。由于茶资便宜，每日有五六十位茶客光临。尤其是起早卖菜的农民，卖完菜都喜欢顺路到三妈妈老虎灶歇歇脚，喝口茶，然后怀着满足的心情回家，开始一天新的劳作。

6. 徐镇老街茶馆

徐镇老街旧时有专门的茶馆十余家，规模较大、小有名气的有彩云楼、龙泉楼、绿云轩、兴隆茶馆、三鑫茶馆等。茶市分为上午和下午两市，上午的茶市又分"三市"：头市在清晨四点钟左右，大多数是乡下农民运菜到菜场后，到茶楼喝茶休息；第二市约在上午的八九点钟，吃茶的一般是上街买菜的居民，顺便相聚在茶馆，品茶聊天；第三市约在十点钟过后，茶客大都来此一面喝茶一面做各种交易，称作"吃讲茶"。下午的茶市1点开始，主要是吃茶听书。彩云楼茶馆的老板请的是评弹艺人到茶馆演唱，两人一档，两小时一场。一场结束另换一档。此时的评弹曲目大都是长篇弹词，如《孟丽君》、《三笑》、《三侠五义》等。绿云轩茶馆下午的喝茶听书，演唱的是浦东说书，听客以老年男性居多。三鑫茶园的喝茶者大多数是做小生意的，踏三轮车、拉人力车的。茶园上午卖茶，下午增设说书。听书的多数是来自"四村一园"的居民。说的是扬州评话，书目有《杨家将》、《呼家将》、《楚汉相争》等，很受群众欢迎，听书

五五

> 徐镇路新貌

者最多时可达五六十人。三鑫茶园的说书历史达十余年。1953年，茶园关闭。

[四] 徐家汇商业圈

徐家汇商业圈是随着徐家汇住宅区的集中兴建和有轨电车的开通而逐步形成的，其位于华山路、虹桥路、漕溪北路、肇嘉浜路与衡山路5条道路交汇处，已成为上海西南城区的商业中心和交通门户。

20世纪60年代，徐家汇商业街已初具规模。1978年以后，政府先后对徐家汇周边地区的商店、菜场、酒店等进行了扩建或改建。进一步扩大了徐家汇商业街的规模。1989年以后，随着地铁一号线的施工建设，徐家汇地区先后新建了营业面积达9300平方米的汇联商厦等一批现代购物中心。

徐家汇商业街的规模不断扩大，到现在，以港汇广场、东方商厦、汇金广场、太平洋百货、上海第六百货商店、美罗城、百脑汇、太平洋电脑广场、汇联商厦等为中心的徐家汇环形商圈已经形成。各大商家在竞争中共享市场繁荣所带来的众多商机。徐家汇商圈交通便利，并拥有众多时尚品牌与上海老字号，是集休闲、娱乐、购物于一体的综合商业区。在徐汇区乃至整个上海的商业中都占有重要地位。商圈内有25条公交线路及便利的轨道交通。江浙一带旅游者把逛徐家汇作为必到之地。平常每天有70～80万人次的高流量，双休日、节假日逾百万人次。

＞徐家汇商业圈夜景

民间工艺

叁

徐汇地区的民间工艺，是在历史传承和上海开埠后华洋杂处的时代背景下形成的，是在城乡结合的地理环境中得到培育和发展的。比如徐汇的蓝印花布就直接继承了黄道婆的棉纺织技艺；再如徐汇的编结刺绣工艺与当年的土山湾修道院有着密切的关联。可以说徐汇地区的民间工艺，有着悠久的历史与深厚的传统。

1. 蓝印花布

自黄道婆在乌泥泾一带传授棉纺织技艺，徐汇的华泾、龙华、漕河泾等地区的棉纺织工艺及棉纺织品的加工工艺就兴盛起来，而尤以蓝印花布最具代表性。蓝印花布采用全棉原料、全手工纺织、全天然植物染料（蓝草），经刻板刮浆和多次浸染等工艺制作而成。其花纹图案疏密有致、穿插自然，具有浓郁的乡土气息和传统文化特色。用这种土布制作的服装和手工艺品，色泽艳丽、风格高雅。而采用天然蓝草做染料，不仅可以驱虫，对人体也有一定的保健作用。

蓝印花布的制作工艺相当复杂，大体而言，分为如下五个步骤：首先，将设计好的花型雕刻在纸板上；第二，将黄豆粉、糯米粉、石膏粉调成糊糊状；第三，将手工纺织的棉布平放在台面上，再用刮刀

> 蓝印花布

> 蓝印花包裹布

将调好的糊刮在花板上，然后阴干；第四，待刮过浆的棉布阴干后，放在经蓝草充分发酵的溶液里（溶液温度保持在25℃－30℃），浸泡30分钟后，沥干30分钟；再浸泡30分钟、沥干。这样反复进行八九回，就染好色了；第五，将染好的布料晒干，再用刮刀将沾在布上的浆刮掉，这样就显出蓝印花布的图案来。最后经过退浆缩水处理，蓝印花布的制作才告完成。

2. 刺　绣

刺绣曾盛行于关港、三林、陈行、杜行等地，是极富特色的民间习俗，并早在1919年前就出现在土山湾修道院里。在过去，无论街坊还是乡间的姑娘出嫁，"绷架"（刺绣的必备工具之一）一定是不可缺少的陪嫁品,它伴随着姑娘嫁到夫家去。现在,这种具有浓郁的民俗风味的手工技艺已经被列入"上海市非物质文化遗产保护名录"。

3. 钩针编结

徐汇区的钩针编结技法始于清光绪十二年(1886),法国天主教修女将这种技法带入当时的土山湾修道院,后来这种技艺又从修道院逐渐传入民间。由于编结制品广受欢迎,销路很好,因此有人出面组织会编结的本地民女学习欧式编结法,采用来料加工的方式,批量生产带有花边类的手袋等产品。这种价廉物美的土产品别具一格,深受洋人喜爱,畅销欧美,且获利颇丰,于是当地织女逐渐放弃传统纺织改以编结花边为生。在一段时间内,这种普普通通的民间手工业甚至发展成为一项相当规模的地方产业。

民国初期,编结只在少数地方发展。到1936年,这种技术逐渐普及到整个徐家汇地区。大批原来从事纺纱织布的农村妇女,在洋纱、洋布的冲击下,纷纷转向钩针编结。以梅陇地区为例,当时梅陇有三大收发站:一是漕河泾镇径西街的陈立云收发站;二是朱行镇上由潘才生、王阿弟开设的"万泰行"编织社;三是漕河泾镇东街的诸根桃收发站。他们大都是从上海四川路附近的"宝华"、"华泰"、"基龙"等洋行里取得定单业务。抗日战争时期,农田荒废,百业萧条,只有钩针编结还有市场,于是编结成了徐汇区农妇的主要产业。1936年,梅陇镇上开了一家专门从事编结业务的"泰丰商行",由于业主梅志香对制品质量要求高,又善于创新样,所以信誉较好。

解放后,在对私营工商业进行社会主义改造中,梅陇地区的几家私营编织店停办,而由民政部门组成了一个经营手结袋、围巾等产品的收发站。1959年8月,此收发站归属梅陇公社。随着手工编织队伍的不断扩大,发放编结的管理也日益完善。梅陇地区钩针编结的历史悠久,曾出现各地派人前来学习、当地聘请有丰富经验的女工到外省市传授技术的盛况。现在舒乐小区内尚有朱菊仙编结组。她们根据书上花样,编结成样品,厂里确认后出定单。编结制品主要有:大衣、床罩、毡子、台毯、沙发罩、羊毛衫上的花边、串珍珠的披肩、婴儿的袜子等。她们的业务甚至扩展到了国外。

＞长桥社区妇女编结作品展示

4. 丝袜花制作

　　刘维吾是一名退休教师。她心灵手巧，热衷于各种民间工艺。她退休后，在居委会的支持下组织了一个由十余位退休妇女组成的丝袜花编织小组。她们买来各种颜色的丝袜、铁丝、热溶胶和包布，找来废水管和各种直径的笔杆和棍子作为绕铁丝的模子，然后用钳子、锯子、剪刀等工具，制成色彩斑斓的蝴蝶兰、玫瑰、牡丹、桃花、梅花。这些造价低廉的丝袜花装点了居室，美化了环境，深受社区民众的喜爱。后来，刘维吾和她的伙伴们又研究动物和人物的制作技巧。她们用塑料泡沫和棉花作为动物和人物身体的填充料，制作出了神采奕奕的人物和淘气的花狗、可爱的小猫、活泼的兔子、悠闲的金鱼、雄赳赳气昂昂的公鸡等。这些丝袜制品都免费赠送给社区里的居民，使邻里关系更加融洽。

5. 黄杨木雕

　　黄杨木雕是以黄杨木为雕刻材料的民间工艺品，至今已有一百五十多年历史。黄杨木的木质光洁，纹理细腻，色彩庄重，呈乳黄色，时间愈久，其颜色由浅而深，给人以古朴典雅的美感。用黄杨木雕刻的人物、花鸟和动物等，绚丽多姿、精美可爱。黄杨木雕工艺美术品，甚得国内外人士的喜爱，一些优秀作品被国内外博物馆收藏。

海派黄杨木雕创始人是徐宝庆（于2007年12月辞世），生前居住在徐汇区长桥地区。徐宝庆有极高的艺术天赋和悟性，他把学到的西方素描技法、解剖知识、雕刻技巧和中国传统的雕刻技法结合起来，深入研究，融会贯通，洋为中用，古为今用。他不仅从事黄杨木雕刻，而且在牙雕、角雕、砚刻、竹刻领域均有很高的造诣，他独特的雕刻艺术风格具有海派雕刻特色。代表作品有：1955年创作的《农民》、《送公粮》，1956年创作的《放学路上》，1960年为北京人民大会堂上海厅创作的五大件香樟木雕《农林牧副渔》，1979年创作的《八仙过海》、《西天取经》、《大匠》，1985年创作的《荣氏宝鼎》，1986年创作的《焚钟》，及1988年创作的《孔子像》等。

2008年，"黄杨木雕"被列入《第一批国家级非物质文化遗产扩展项目名录》。

＞黄杨木雕艺人徐宝庆

岁时节俗

[肆]

徐汇地区民间社会习俗文化有自己的特点。一是大统一中的小多样性。比如，同是在正月十五晚上吃圆子，华泾和康健两个地区的民众吃的圆子就有区别，华泾地区民众爱吃的圆子的种类很多，有南瓜圆子、苦草圆子、高粱圆子等，并涂以黄、绿、红三色，寓意兆丰年；而在康健地区一带，民众吃的是荠菜圆子。二是整体上有西化的特色。这个特点是与徐汇区有大量的西方人的居所、公司、店铺有关的。三是民众生活方式层次界限模糊。以前只有少数的官僚和买办庆祝的圣诞节现在几乎成为许多民众的节日。四是一些传统习俗和生活方式随着现代生活方式的改变渐渐消失了。如农历七月十三插棒香的习俗几乎绝迹了。五是虽然一部分旧习俗消亡了，但新的习俗也在不断形成。如2月14日西方情人节已经有代替七夕成为徐汇年轻人重视的节日之一。

［一］岁时节俗

1. 冬至与送灶

冬至是农历二十四节气之一。在每年阳历12月22日前后，为重要民间节令之一。谚云："冬至大于年。"是日磨米粉，蒸花糕，做粉团，以祭祀祖先，并将糕团馈送亲友，相互道贺。晚上合家围聚，吃冬至饭。有"过得好，冬至夜；过不好，冻一夜"之说。冬至之后重要的事情便是送灶。农历腊月廿四是"灶神"上天奏事之日，奏报人间每家每户的行为是否失当。所以廿三日晚上，家家户户要"送灶"、"祭灶"。这一夜，居民们或者在堂上祭祀灶神，或者在贴着灶神像的厨房灶头上供祭祀。供品包括酒、果、荸荠、慈菇以及好鱼、好肉。为避免灶神奏报坏话，"送灶"时人们还供上用饴糖做的糖元宝等。据说吃了糖元宝，灶王的嘴就被粘住了，说不了人间坏话。"送灶"时各家要点上香烛。送灶后迎新年的活动拉开了序幕。

2. 三十祭祖

农历大年三十，劳累了一年的民众在此日必备六样热菜（一般是鸡、鱼、肉、鸡蛋、蔬菜、豆制品）在中午或晚饭前举行祭拜祖先和菩萨的仪式。祭拜时，先在饭桌的三面摆放小酒盅三十只左右，放上筷子，斟上酒（酒可用白开水加红糖或黄酒代用）。然后点上蜡烛，烧上香（在自家的三眼灶头上也要点上香）。再将六样热菜放在桌子上，全家人在饭桌前分别拱手和磕头，一是祭祖先，二是拜菩萨。感谢祖先保佑全家，祈祷菩萨保佑明年风调雨顺有个好收成。祭拜仪式结束后，全家人围在一起吃团圆饭，也称年饭。

大年三十晚上，家家户户还要搓小圆子，寓意全家人太太平平、团团圆圆。小圆子搓好后，放置在容器中，等待大年初一早上食用。康健地区一带的人们，一般把搓好的小圆子摆放在一种扁平的容器里，这种容器俗称"团箕"，是用竹子编成的一种竹器。

3. 春节的禁忌和占卜

农历正月初一是春节的开始，也是春节期间禁忌最多的一天。民众认为，这一天要做到不打水，不理发，不吃粥，不吃汤淘饭，不动针线，不扫地，不泼水，不讲粗话，不打骂孩童，不走亲访友等。认为吃饭时抛饭三盅可以为来年占卜，两盅向上抛，一盅向下倒，一边抛一边念："天一盅，地一盅，猫狗众生合一盅"。将饭抛于屋面，可以占卜新的一年年事的丰欠，如果鸟不吃抛出的饭，则预兆来年是个丰收年。

4. 走三桥和吃定心圆子

走三桥是沪上岁时旧俗，亦称"度厄"、"走百病"。谓元宵夜女子走过三座桥即可祛除百病。届时沪上女子多三五成群，结伴出游。小孩子们携带着彩纸糊成的兔子、鸡、鸭等形状的花灯也结伴夜游，他们点着火把，烧田埂上的枯草，称为"熰茅汤"。孩子们边烧边唱。20世纪60年代以后，这种习俗逐渐消失。

这天晚上还要吃圆子，有的人家做12只大圆子，用手指在圆子顶端揿出潭印，蒸熟后看潭中积水多寡，用来占卜当年雨水的多寡；而在康健街道一带，家家吃"荠菜圆子"。这种圆子是用自己种出来的糯米轧成粉做的，馅子荠菜是自己种的，也有到田野挖野荠菜，为数极少的农民家买少量的肉掺进馅子里。元宵节吃的这顿圆子俗称"定心圆子"。吃"定心圆子"代表了热闹的正月结束了，要定下心来开始新一年的劳作了。

5.做清明和吃清明

清明前后，一般百姓家要祭祖扫墓，到墓地上除草、培土。在坟前焚烧布帛和纸锭，称为"烧囤"；还要在墓顶上悬挂叫做长络线的串形纸锭，称为"挂墓"。这一天，要请亲戚和邻居吃饭。请客的菜色主要有韭菜拌皮蛋、竹笋腌鲜、茭白炒虾、豆腐皮卷。主人请客称为"做清明"，客人受邀吃饭称为"吃清明"。平时疏于走动的远亲，在挂墓和烧囤时都会到场。如家里有人年内去世，做清明就称为"新清明"。死者三四代之内近亲都要到场祭奠。1958年平整土地，大批坟地被平，20世纪60年代盛行火葬，做清明、扫墓风俗无形消失。近些年，做清明和吃清明的活动又在民间兴起。但功能已经发生了一些变化：除去扫墓祭祖，人们还借此节俗亲朋相聚或到郊外踏青。

6.推推土

漕河泾一带，有些农村不种稻，种青菜、菠菜、荠菜、芹菜、丝瓜、毛豆、扁豆、刀豆、南瓜，也有种麦子、棉花的。多数村民土地较少，有些土地被市区殷实人家买作坟地，安葬过世之人。这些土地一般会交给当地村民耕作、看管。每当清明，土地的主人来村里祭扫祖宗，俗称"推推土"，意为给坟地添土拔草。村里的儿童会跟随在这些人的身前脚后，讨些零碎钞票。看坟地的村民每到清明，就会采摘一些新鲜的农作物给土地的东家，有的还在家里杀鸡烧饭招待东家。土地的东家一般不收地租。使用土地的农民仅送些小闸南瓜、黄豆、蔬菜等农产品表示谢意。

7.插棒香和放水灯

农历七月三十是地藏王菩萨的诞日，也称"晦日节"，俗称"地藏开眼"。旧时，在这天夜里，龙华地区家家户户的阶沿、门口和泼污水处都遍插棒香，并设斋饭，供果品、花卉。目的在于引蟋蟀、"经布娘"等虫、蛾礼拜地藏王。孩童在南瓜、茄子上插满棒香，系在竿子上走街串巷，追逐嬉闹。这一天，近水的居民会"放水灯"。水灯是这

样制作的：掏空西瓜、南瓜，点燃状元红烛放置在瓜内。将瓜放入水道中顺水漂浮，水道两岸围满了观看的人群，直至半夜。20世纪50年代后，放水灯的习俗渐渐消失，插棒香的习俗大约在60年代初消失。

［二］俗节庙会

1. 龙华庙会

　　龙华庙会在宋代便具雏形。在明代，随着龙华寺的盛名远播和商品经济的发展，龙华庙会逐步繁盛。到清代，龙华庙会进入全盛期。龙华庙会是商品集市、民间信仰和民间娱乐三者相结合的综合性庙会。龙华庙会以龙华寺为中心，主要分布于上海市区北起龙华路茂公桥（华容路口），南至中山路（今龙华西路）和天钥桥路相交处的长达千米的狭长地带中。庙会期间，各地民众蜂拥而至，商贾也从四面八方汇聚于此。庙会上，既有农民兜售的土产品、手工业品、民间工艺品，也有来自民间的文艺表演，如龙舞、狮舞、蚌壳舞等。进香朝神、放生等宗教活动也是庙会期间的重头戏。

　　新中国成立后，龙华庙会日趋兴旺。1953年，政府首次参与组织龙华庙会，并将其易名作"龙华物资交流会"。龙华物资交流会在文革期间中断，到1980年才又得到了恢复发展。1985年交流会复名庙会。

　　龙华庙会经过长期发展，形成了比较固定的民俗活动。具体有以下5种。首先是踏青赏桃花。从清光绪年间开始，庙会期间赏桃花就成为和上香礼佛同等重要的民间习俗活动。第二是妇女在庙会期间盛装出游。生活在农业社会中的妇女，很难有迈出家门的机会。而庙会可以让她们见识到外面的世界，是一展风姿的好机会。第三是在赶庙会的农妇中，还形成了插荠菜花的风俗。龙华一带的民间认为农历三月三为荠菜花的生日，农妇们都喜欢在鬓边插荠菜花。民间有谚语曰："三月三，荠菜花开赛牡丹，女人不插吭钱用，女人一插米满仓。"由于荠菜花的花期和龙华庙会的会期重合,在民间便形成了农妇赶庙会插荠菜花的风俗。第四是放生习俗。庙会期间,不少佛教信徒会购买集市上出售的鱼虾鳝贝等活水产品,然后在香花桥或龙华桥上将其放生。1980年以后,由于龙华港的水质受到严重污染,放生习俗遂消失。第五是独特的上供习俗。在庙会期间,礼佛者所提供的各种净素食品堆积如山。上香完毕,这些供品就留在佛龛上。后来,礼佛者在上香完毕后一般都将供品带回,或自享或分送亲朋,民间认为吃了这些沾

> 龙华庙会

> 龙华庙会的行街表演

染了佛气的供品，可以消灾祛病。2008年，"上海龙华庙会"被列入《第二批国家级非物质文化遗产名录》。

2. 龙华晚钟

龙华晚钟曾与黄浦秋涛、海天旭日、吴淞烟雨、石梁夜月、野渡蒹葭、凤楼远眺、江皋霁雪被合称为明代沪城八景。时过境迁，沪城八景独留龙华晚钟。龙华晚钟，最初只是寺僧的功课之一，后来成为一道风景，到现在则成为岁末固定的民俗活动。

龙华寺曾有一口钟铸于明初洪武三年（1370），重达一万三千斤。现在龙华寺钟楼内所悬的青铜钟铸于清光绪二十年（1894）。上面刻着："皇图永固，帝道遐昌；佛日增辉，法轮常转"，"愿此钟声超法界，铁围幽暗悉皆闻，闻尘清静证圆通，一切众生成正觉"和"若人欲了知，三世一切佛，应观法界性，一切惟心造"等铭文。

自1988年起，每年的公历岁尾之夜和农历除夕之夜，龙华寺内均举行撞龙华晚钟的特色旅游活动。特别是近年来，"迎新春撞龙华晚钟"活动以"上海新年第一游"的都市旅游品牌闻名海内外，吸引了大批日本、韩国游客及中国本地游客的参与。108位撞钟客在弥勒殿

> 龙华寺迎新年撞钟活动中设在广场上的许愿树

前披上绶带，缓缓走向钟楼，依次撞响"龙华晚钟"。游客静静地围在龙华钟楼边上，聆听钟声，迎接新年到来，祈祷平安。同时，百余身着袈裟的僧人举行迎新仪式，香烟袅袅，木鱼声声，祈祷新年好运，万事吉祥。还有舞龙队、舞狮队、江南丝竹班等民间文艺队伍参加表演。岁末撞龙华晚钟，已经成为了辞旧迎新独特的民俗传统。

[三] 新节俗

1.上海桂花节

1958年桂林公园开放以后，每到丹桂飘香时，上海市民就会扶老携幼前去观赏。为了顺应这一习俗的发展，从1985年起，每年举办一次上海桂花节。现在，上海桂花节已经成为颇有名气的当代文化节之一。

桂花节的活动区域包括桂林公园、康健公园和桂林路上的"桂花村"。参展的桂花包括金桂、银桂、丹桂、朱砂桂等品种。桂林路上的"桂花村"别具一格，村内一公里长街上竖着各种彩扎灯像，沿街瓷缸里栽着各色桂花树，还供应上百种桂花食品。桂花节期间，还有众多戏剧团体参加表演，演出多台节目。康健公园内有包括骑驴、游船、化妆舞会、露天电影等群众文艺活动项目，还有猜灯谜、书画表演、服装表演等节目。

现桂花节已成为上海市民中秋赏月游园的极佳去处。

>上海桂花节夜景

2.社区文化艺术节

徐汇区社区文化艺术节是上海市颇具影响的社区文化节，至今已成功举办了九届。社区文化艺术节立足于社区，广泛发动群众参与，让广大市民成为艺术节的主角，得到了广大市民的热烈响应。活动期

> 参加桂花节的民间灯彩"龙戏珠"

间，通过展览、会演、比赛等活动将优秀的民间文艺节目奉献给广大观众。此外，社区文化艺术节还与文物保护宣传和优秀电影进社区的活动结合起来，使社区文化更加丰富多样。徐汇区社区文化艺术节的主题是"欢乐家园"，但每年的侧重点都不同。如2004年5月第六届社区文化艺术节期间，徐汇区同哈萨克斯坦阿拉木图市开展了民间文化交流活动。哈萨克斯坦的萨兹根·萨兹民间乐团举行了三场充满异域风情的演出。又如2007年5月第九届社区文化艺术节期间，成功举办了"东西方相遇——中美学生联合交响音乐会"、"守望家园龙华庙会"、"枫林竹韵和谐共享"等活动。

3.徐汇人过圣诞节

圣诞节在19世纪由国外传教士引入徐汇区。而今，它已是家喻户

> 徐汇区天平街道汇景苑中外居民欢度圣诞节

晓，尤其受到年轻人的青睐。前几年，徐汇区的年轻人过圣诞节时会互赠圣诞贺卡祝福。一张小小的贺卡承载着一片深深的情谊，似乎成为了一种没有约定的习惯。圣诞贺卡的样式品种也是丰富多样的，既有深情的，也有搞笑的；既有平面的，也有立体的；既有无声的，也有有声的。近几年，随着信息科技的飞速发展，送纸制贺卡的方式逐渐向发送手机短信、电子贺卡等新方式转变。短小精致的祝福短信往往能给人带来温馨的感觉。而电子贺卡充满现代气息，又能保存在电脑中，同样受到了很多人的欢迎。圣诞节的高潮是 12 月 24 日的平安夜。年轻人成群结伴共度圣诞夜，或聚餐联欢、打牌聊天，或到 KTV 大展歌喉，到舞厅参加圣诞舞会，通常通宵娱乐。商家们也纷纷趁势举行宣传活动和商品促销活动。有些商店店员扮成圣诞老人迎接顾客，有些西餐厅更以节日作为卖点招揽生意。另一些生活方式较为西化的徐汇人，每年平安夜，都会在家中摆放一棵挂满礼物灯饰的圣诞树，并烹制诱人的火鸡大餐，为节日增添了不少温馨的气氛和浪漫的情调。

人生礼仪 [伍]

婚丧嫁娶、寿诞喜庆、人际交往是人生礼仪的重要方面，也是民风习俗的生动体现。徐汇地区居民的礼仪习俗显示出了一定的多样性，本土居民有当地的习俗，外来移民则保留了他们原有的一些习俗。随着时间的推移与时代的变迁，不同的习俗之间又有了一定的交融。

［一］ 婚嫁习俗

1. 婚　龄

"男大当婚，女大当嫁"。谈起结婚，首先会想到新人的年龄。现在青年人结婚大多在二三十岁，但在以往，十四五岁成家的青年人比比皆是。虹梅地区就有"十三岁作娘，天下通行"的说法。因此旧时的虹梅地区就有了在孩子八九岁时为其找结婚对象的习俗。

2. 提亲和相亲

> 反映民间传统婚礼的舞蹈

> 清末婚礼上的新郎、新娘

提亲也称求婚，即由媒人到男方（或女方）家提亲，或由媒人先到对方处介绍女方（或男方）情况，得到对方的父母认可后，再到对方家中提出相亲。此时媒人会悄悄地观察对方当事人的外貌、家境、人品、社会地位等，当然有急于求成者，会把对方说得花好稻好，甚至于故意隐瞒对方的缺点。双方的父母往往注重于对方的家境、社会地位求个"门当户对"，这就是"父母之命，媒妁之言"。由于这个传统，使新婚的双方到了洞房花烛之夜尚不知对方的高、矮、胖、瘦，或是麻子、瘌痢。

3. 合八字

合八字也称合婚，在双方提亲、相亲得到认可后，即由媒人把女方的姓名、生辰八字（所谓八字是指出生的年、月、日、时，配以天干、地支两字一组，四组共八字）写成年庚交给男方。接到庚帖以后的三天内若男方家中没有发生意外或不吉祥的事，如碰破碗、锅等不顺利的事，这叫"三日好"。有了这个好兆头，男方才答应互换庚帖，换了庚帖后，各请算命先生占卜合婚，确认男女双方是相生或相克。如果"八字相和"、"五行相生"自然皆大欢喜；如果"八

>20 世纪 30 年代的新婚夫妻

字不合"、"五行相克"一般不宜结合。如生肖犯冲也不宜。民间有"蛇见猛虎如刀锉，猪见婴猴泪长流"，"白马怕金牛，鼠羊不到头"、"鸡犬不宁"之说。如果八字相合，就由男方的长辈去女家"发帖"。"发帖"要放在两只"保帖盒"内，盒内各放"求允帖"一个，"大红帖"五个，女家父母收到"发帖"后，将"保帖盒"内的"求允帖"换成"允吉帖"交给男家。临走时，由主婚人把男家定亲的日期告诉女家。

4. 定 亲

定亲这天，男家的媒人在"保帖盒"中放了两个大红的"文定帖"去请女家媒人转交女家（女家媒人一般由姑娘的兄弟或舅父担当）。女家接到帖子后，换上两个"定吉帖"，请媒人交给男家。由男家媒人陪着到男家去吃定亲酒。同一天女家也做些小汤圆分给自家邻居，表示女儿已有婆家。定亲以后，男女双方之间由媒人通接"接叠帖"、"吉祥帖"、"行聘帖"、"请庚帖"、"如意帖"等交换，并选择黄道吉日确定结婚日期。在虹梅地区，定亲这天，女方要向男方提出聘礼，通常是茶叶、金银首饰等六种礼物，俗称"茶金六礼"。而男方在定亲之后，也要摆上定亲酒席，让亲戚朋友来喝酒，以示庆祝。在定亲之后，对婚嫁的男女双方都有了一定的要求。女方的行动受到一定的约束，不可在外到处乱跑。而为了婚后"新人"能自力更生，女方要学会做家务，如缝衣、纳鞋底等。而男方则要学一门手艺，以便日后外出打

>20世纪'60年代结婚照

工谋生。

5. 花 轿

　　20世纪50年代，在漕河泾地区，结婚婚典中盛行用8人抬的花轿把新娘子娶进门。对于新娘来说"一世人坐一次花轿"，是很珍贵的机会。结婚前半年，由媒人来定结婚日期。定亲前两个月，男方要领女方买衣料，一般到上海城里八仙桥的信大祥、宝大祥、协大祥等布店买四件布料，还要买一件质地较好的海富绒料做大衣让新娘回娘家时穿。举行婚礼的当天是选定的吉日。上午，由长辈拿着接新娘子的喜糖，带领着轿夫、花轿和吹奏江南丝竹的乐队，浩浩荡荡直奔新娘子家。新娘子所乘坐的是宁波式花轿。花轿做工非常讲究。用大红和大绿的颜色装扮。乐队共计二十多人，在花轿前奏乐并引路。新娘所乘坐的花轿由八位年轻力壮的小伙子抬，媒人在花轿旁边跟着走，花轿一路不能停，这是规矩。新郎在门口迎接新娘。花轿一到，就放起震耳欲聋的高升鞭炮，铺起红地毯。新娘由新郎用红缎牵着踏上红地毯到大客堂拜天地。拜天地时媒人在旁，新娘、新郎三拜天地，相互交换手镯。预示着新娘、新郎相互依存，相依为命，白头偕老。随后由新郎用红缎子携新娘，在两位女傧相搀扶下走入洞房。新娘子在新房守花烛一夜。新郎在客堂里招待亲朋好友吃喜酒。婚后第三天，新娘必回娘家看望父母，新郎亦去拜见岳父母及诸亲长，曰"回门"。届时女家必备盛席款待新婚，称"回

＞民国初年市民在结婚仪式上与家人的合影

门酒"或"三朝酒"。诸亲长需按例给婿"见面钱"。筵毕，新郎、新娘当日返回。

6. 婚 礼

　　结婚前一天下午，媒人领新郎挑上"上头盘"，到女家认亲。"上头盘"内通常有公鸡、青鱼、猪腿、鹅及干果（桂圆、枣子、核桃、花生。桂圆意含富贵团圆；枣子意含早生贵子；核桃意含和和美美；花生意含男孩女孩夹花生育）等礼品，女家则用茶点招待新女婿。回来时由女家媒人转告男家明日有多少嫁妆，须备多少蒲绳、单杠、落担等。

　　到了结婚那天，男方派出迎亲队伍到女方家迎亲，按虹梅地区习俗，新娘家人会端上"桂圆水孵蛋"给新女婿吃，寓富贵团圆之意。新娘临上轿之前要放声大哭，这叫"哭嫁"，"哭嫁"一方面是为远别父母亲而哭，另一方面据说只有新娘流泪才能使娘家有财有势（水），而男方家最好位于女方家的西面，因此有了姑娘往西嫁的习俗。当花轿启动后，娘家人要泼出一盆水，意为"嫁出去的女儿，泼出去的水"，要求女儿到婆家后一心一意伺候夫君和公婆，不要牵挂娘家。嫁妆进入男方家时，男方的舅舅会出来接"子孙桶"，所谓"子孙桶"，就是装有枇杷、花生、核桃、红枣、红蛋的马桶，以此希望新人多子多孙。为了能让新人在婚后多子多福，虹梅地区习俗对男女双方的年龄差距也有讲究。有俗语"男大三，金银山"、"女大二，米铺地"、"女大三，屋角塌"的说法。

轿子进男家时，要放爆竹、燃豆其，同时男家要给厨师、茶担、礼人、女引、炮手、打唱等人送喜钱。当新娘被引牵出轿门后，新郎由礼人携同和新娘一起踏上红地毯，步入客堂，向北面对花烛，由礼人唱吉词，新郎和新娘叩头，俗称"拜堂"。

"拜堂"结束后，新郎新娘进入洞房，新娘开启"金口"先叫公婆大人，随后向所有长辈见礼磕头，长辈们赠与"见面钱"，同时说些祝福之语，如"早生贵子，白头偕老"、"百年好合，美美满满"等。晚上，酒席结束后开始闹新房，不分长辈同辈晚辈都可以闹，俗称"新婚三日无大小"。第二天，男家要请女家的父母及长辈来赴宴，俗称"请老客"。有的地区结婚喜酒要吃三天。

> 农家婚礼

[二] 丧葬习俗

1. 灵 堂

旧时老人弥留之际，家人必在身边守候，在外地的子女也应该星夜兼程回家见最后一面，谓之"奔丧"。那时奔丧者在路上遇到阻挡时，只要言明是奔丧，即可通行。民间认为，只有临终在场才算真子女。老人死后，家人为其擦身、整容、换衣，并托人到亲戚家报丧。灵堂一般设在客堂上。在灵堂上，挂白布设帐帏，点白烛，全家举哀。儿子们捧着遗体移到灵床，灵床一般用门板搭就。遗体放置有讲究，要头南脚北，脸遮白色面布，足套量米斗。妻儿披麻戴孝，帽、鞋上都要缝上白布。然后将死者卧床拆除，放置在场角，并焚烧死者的衣被鞋袜。灵堂两侧墙上悬挂亲友挽联、挽幛。亲友前来吊唁时，儿子答谢，妻子、女儿及媳妇避帐帏后哭丧，否则就会被认为是"冷座台"。吊唁者多送礼，有现金、绸缎被面等。

2. 大 殓

人死后殡殓，称为"大殓"，也称"收盛"。按照习俗，死者身穿寿衣，寿衣的数量一定要为单数。富者生前会预先定制寿材（棺木），

> 旧时大户人家的出殡场面

年老者闰年预先定制寿衣（称之为"添寿"）。死者穿戴齐整后，由"土仵"殓尸。殓尸分为粗殓（白布捆扎全身）和细殓（丝绵捆扎全身）两种。尸体入棺时，长子、长孙捧着死者的头部。俗规认为捧头者可以多得到一份遗产。所以也有子女抢着捧头。道士念经，称为"落材享"。盖上棺盖后，要在死者头端的盖子上敲"子孙钉"，此时长子或长孙要扶着钉子。尸体入棺后，设灵台立神主牌位，棺木由子孙和亲友送到安葬的地方。

3. 安 葬

出殡安葬前，要先由风水先生算定安葬日期、方向和墓穴。送葬时，送葬的人中，一人提着篮子沿路散发纸锭（以安抚沿途的小鬼、饿鬼，让送葬队伍借道），还要有人手执香跟随在棺木后。棺木安葬完毕，送葬的队伍一定要从另外一条路返回（恐怕死者的魂灵跟回家，使家中不得安宁），至丧家跨越门口火堆（意为消除阴晦之气），喝糖茶等待丧席。丧席一般是全素，丧席上的食材多用豆腐等素材，如油豆腐、豆腐干、油线、萝卜、水笋之类，称"吃豆腐饭"。死者如果高寿可以有荤腥。排场讲究的荤席还有硬八样或六菜六炒。民间认为丧席所用的碗筷具有辟邪功能，常有邻居、路人来讨取。

4. 祭 奠

人死后，每七天设案祭奠一次称之为"做七"，直至第七七四十九天方止，称为"断七"。以后还要做"六十日"、"百日"。传说死者去世后灵魂必定回家一次，即"回煞"，又称"接煞"，道士推算，"回煞"的时间在第九至十八天。"接煞"和"五七"要请道士、和尚诵经做斋、"造渡桥"、"放焰口"。"一七"至"断七"中，"五七"最重要，那天丧家要设荤席，亲朋好友到场，焚烧死者的衣物和纸扎房屋、车马、器皿等物品奉献给亡灵。新丧一年内，逢清明、夏至、七月半、七月三十、十月初一、冬至，丧家祭奠，邀请亲朋好友吃饭，称为"摆新时节"。

5. 丧 礼

旧时的丧礼十分繁杂，人刚死，就要到附近庙宇或土地庙向土地爷去烧香报死，并将死者所盖棉被焚化，名为"送床荐"，再到亲戚家门外送信报丧。同时置办衣衾棺木，请"风水先生"选坟地，设灵堂祭祀，请僧道诵经超度。亲友吊唁，主家要备饭招待，孝子披麻戴孝，亲属白衣白帽白鞋白带，而后入殓、出殡。安葬时要进行道场佛事，祭奠一番。家中同时设置灵台，其后每至七天，祭祀一次，直至终七（过世后49天），其后还要祭"回阳"（死者阴魂回家），最后烧"百日"。过世后一年内，遇清明、夏至、七月半、冬至都要祭祀。

50年代后，移风易俗，实行火葬。人死后，家属立即向亲戚报丧，同时到派出所注销户口，领取死亡证，尸体送火葬场。一般在尸体火化前要开追悼会，悼念死者。追悼会有奏哀乐，默哀，单位或亲友致悼词，家属答谢，向遗体告别等仪式。追悼会后主家置办豆腐饭招待亲友。

> 旧时庞大的出殡队伍

6. 更　饭

人亡故以后,后代和亲人往往会在死者诞生日和忌日举行冥寿礼。根据各家的经济情况,有的家庭在死者诞生日举行仪式,有的在忌日举行,也有比较富裕的人家在死者的生日和忌日都举行冥寿礼。当地人称为"更饭"。

举行冥寿礼时,常常是将八仙桌朝南放。八仙桌上朝南的一边放置着香炉和一对烛台,另外三边每边放上三个小酒杯和两碗米饭。桌子中央放有鱼肉家禽等菜肴。豆制品是必不可少的菜肴,最常见的是炒豆腐和红烧百叶结。然后再摆上盛满黄酒或清茶的小酒杯,杯边分别放置筷子。除去朝南一边,桌子的另外三边安放着给先人坐的凳子。据老人说,冥寿礼进行过程中,桌子凳子是绝对不能碰的。如果碰到,就会惊吓了正在享用的祖宗。因此祭拜先人时,小孩被特别告知必须小心。

在冥寿吉礼供品上完之后,就由年长者点燃蜡烛和棒香,仪式正式开始。按照祭奠人的长幼次序,依次行跪拜和鞠躬礼。行礼的时候往往还要念些祝愿先人安康和保佑后人"无病无痛、一觉睡到天亮"等话语。在蜡烛烧至一半的时候,就可以开始焚烧锡箔做成的元宝形纸钱,以便先人们在阴司享用和打通关节少受痛苦。香烛烧尽的时候就意味着冥寿礼的结束。到此时大人们才能移动桌凳,并肃立送走先人。等先人走后,参加祭拜的人才可入席吃饭。

［三］ 寿诞、成年礼俗

1. 满月礼

孩子的满月是一个非常重要的日子。作为诞生礼中的重要内容,满月礼除了祝福新生儿健康成长、长命百岁以外,还意味着产妇"月子"的结束。产妇在"月子"期间的许多禁忌如忌食生冷、忌用凉水等，满月后又可以恢复常态。

在孩子满月的那一天，有些人家的产妇还要"挪窝"。据老人讲，"挪窝"是一个象征性的仪式，表明产妇从此可以离开那个污秽和禁忌的环境。"挪窝"还是孩子第一次接触外面世界的机会。母亲抱着孩子回娘家，一路上还要念道："孩子别怕"，这是在为孩子挡灾，也是为孩子祈福，并借此来寄托愿望，希望孩子将来有成就有出息。对婴儿来说，满月意味着他从此可以正式地成为家庭、家族、社会的一员而被大家接纳。亲朋好友送来的贺礼中多有祝吉辟邪的物品，如红包、金饰品和银项圈等。在满月礼上，为新生儿剃头是一件大事。旧俗中对此是十分讲究的。剃发的时间、发式的选择、仪式的程序、胎发的保存都很重视。有的家庭还指定仪式要由婴儿的舅舅主持。老人们认为婴儿胎发要慎重处理。部分胎发要留，正头顶被认为是灵魂出入的孔道，留下可以让小儿的灵魂不要跑出体外。因此，有些人家要求剃头师傅将小儿的胎发在正头顶留一簇，其余的部分要剃去，满月剃头是要去除母体血污，以免沾有秽气的胎发招惹邪气。如何保存胎发也很有讲究。有些人家将剃下的胎发收集起来，供在祖神面前以求庇佑。有些人家将胎发用线拴在客堂的梁上，寓意孩子以后能够登高和有胆量。还有一些人家会将胎发随风吹走，口中念道："胎发随风走，活到九十九；胎发随风刮，活到八十八"以期待孩子的长命百岁。

在旧俗中，在孩子满月的时候还得给他取个乳名，表明婴儿从此有了自己确切的身份。有些人家为孩子取一些猪狗类的贱名以求好养活，更有不少人家取一些富贵荣华之类的名字以寄托家人的希望。

龙华地区有些人家从老一辈那里传承下来一个吉祥习俗，在孩子满月这天要做三件事，即剃头、洗浴、落马路。据说，孩子在满月那天可以剃头上的胎毛，此时孩子头部的天灵盖都长结实了。民间俗信：剃了满月头，小命就打下了根。剃头行礼也有讲究：一要翻黄历，找准吉日；二是剃头时要请全福人（父母、子女都健康的人）抱着婴儿坐在家里房间当中，由剃头匠开剪；三是剃好的胎毛不能轻易抛弃，要保存到孩子换大枕头为止。有些人家还将胎毛收集起做成胎毛笔留作纪念。剃好满月头，有些人家则抱着孩子去浴室洗澡，顺便落马路。洗澡是为了洗去幼稚气，换一身新衣服后就抱着婴儿落马路，表示孩子长大后，有见识，经得起风雨，同时象征着：风吹过，太阳照过，今后的日子好过。

2. 百日礼

给小囡过百日也是旧时的一种重要风俗。以前，一般人家非常重视给小囡过百日。在小囡过百日这天，家人要在家里为小囡举行隆重的百日庆祝仪式，有条件的还要呼朋唤友小聚祝贺一番，把小囡打扮一下。有些人家还兴到照相馆拍张百日照。家人会要求照相师在照片上写上小囡的姓名、吉语和日期。几乎为婴儿过百日的所有礼物都有与"百"字关联，因为人们都有一个共同的心愿：祝福自己小囡身体健康，长命百岁。如果在为小囡拍照时，在其项间挂一把特别打制的"长命锁"作饰物，便是富贵人家锦上添花的做法了。"长命锁"上都镌刻着吉祥文字，多写"长命百岁"、"长命富贵"等，借以祈求长寿、幸福。

3. 周岁礼

婴儿一岁后，大人们就忙着要为他做诞生以后最隆重的周岁礼。如果从请客庆贺的角度来看，周岁筵席和满月以及以后的生日礼都差不多。

在旧时周岁礼中最重要的仪式就是让孩子"抓周"。"抓周"由来已久，古代也称之为"试儿"。"抓周"的时候，让孩子取用的物品常常是男女有别。男孩就用弓矢纸笔，女孩就用刀尺针线，还会配上一些吃食、玩具等一并放在孩子面前。通过他（她）抓取的物件来预测他（她）未来的品行是贪是廉，能力是强是弱。一些在徐汇居住的宁波人，给孩子举行"抓周"仪式时，还常常要在地上罗列盆盏，里面盛装水果、食品、官诰、笔砚、杆秤、经卷、针线等应用之物。看小孩先拿的是什么，孩子抓取的东西对他（她）的未来有征兆作用。

在周岁礼的"抓周"仪式以后，前来参加礼仪的长辈和亲朋好友们还会根据各自的情况送给孩子各种各样的金银饰品。这些饰品无论什么形状，镌刻的内容大都是"长命百岁"、"寿比南山"、"五子登科"、"状元及第"等字样，寄托着人们对后代"福"、"禄"、"寿"的期盼。

4. 成年礼

在徐家汇地区，定居着一批潮汕籍居民。至今，他们依然保留着他们的传统习俗。其中，尤以成年礼最为特殊。潮汕籍居民的成年礼称为"出花园"。

家中有年满15虚岁孩子的家庭，要在农历七月初七那天，为孩子准备三牲果品等供品拜别"公婆母"。这天早上，孩子梳洗完毕后，穿上外祖父母为其准备的新衣服。父母为其请出供奉在床脚旁的"公婆母"神位，并燃香上供。孩子在喝完父母为其准备的猪肚、猪心、猪肝汤（寓意为换上成人的内脏了）后，跪拜"公婆母"，感谢"公婆母"对他（她）的庇护。拜完之后，他们要取食供品中的鸡头（寓意为将来能够独占鳌头）、鸡爪（寓意为以后写字时手不会抖）。此时，整个仪式就结束，从此，他（她）就是成年人了。

潮汕民间认为："公婆母"是一位古代妇女，她用自己的聪明才智，悉心护理好了身患重病的皇太子。皇帝因此龙心大悦，御驾亲临，欲加封她。此时，她正在哺喂皇太子，情急之中，她躲进皇子的床下。但不小心撞到床脚，气绝身亡。她死后，皇帝封她为少年儿童的保护神。又因为她是农历七月初七这天身亡的，民间就以此日作为她的忌日。

潮汕人若有了孩子，便会将"公婆母"的灵位请到家中供奉祭拜，以保佑孩子平安健康的成长。对"公婆母"的供奉一直要到孩子满十五虚岁并举行成人仪式之后结束。"公婆母"的神位一般供奉在孩子的床下，神位旁边放一颗象征"胆子"的鹅卵石和孩子喜欢的玩具。据说锻炼孩子的"胆子"是"公婆母"调教和护理孩子的项目之一。祭拜"公婆母"的祭品包括鸡、鱼、肉、点心、纸钱和纸制的"婆衣"（"公婆母"的寿衣）。孩子自成年之日起，走出父母的庇护，走出了孕育苗木的花园，走向人生的博弈场。这就是"出花园"的含义。

5. 寿 礼

旧时人到60岁便可称寿，从60岁开始逢10岁整岁，便祝寿庆贺。大户人家祝寿时悬挂寿幛寿联，供奉寿星，摆设寿面糕点，点燃寿烛，放鞭炮，有的还请有乐队迎客，举行祝寿仪式，亲友都来贺寿送礼，中午寿面，晚上寿酒，盛宴招待，排场很大，气氛热烈。一般人家只是儿女们备点菜肴、面条，一家人团聚一堂，吃顿面饭，就算祝寿。

解放后，祝寿旧习已衰，一般人家于老人寿诞日，儿孙们以各种补品为礼，送给老人，祝贺老人长寿，并备上酒菜、寿糕、寿桃、寿面，中午合家老小欢聚一餐，庆贺老人长寿，不事声张。少数人家则比较隆重，备办丰厚的酒菜、寿面、寿糕，盛宴招待前来祝贺的亲友，也有放鞭炮点寿烛的，也有向邻居送碗寿面或送些寿糕，欢庆老人长寿的，比较热闹。

送乔家栅寿桃是祝寿时的一种传统习俗。据乔家栅糕团店的老师傅说，寿桃的销路一向很好。用作寿礼的寿桃往往需要提前预订，以防供不应求。所送的寿桃的数量一般要超过寿星的年龄。例如老人过60岁生日，则至少60只以上。80岁生日则要送80只以上。超过80岁，则至少要送100只了。收礼人家一般会将收到的寿桃分一些给大家品尝，或让宾客各自带回家共享长命百岁的吉利。

＞街道为老人祝寿的场面

[四] 人际交往习俗

1. 聚　餐

在徐汇，聚餐曾经十分盛行，它是人们交流感情，畅叙友情的一种方式。这样的聚餐活动20世纪70年代末开始流行起来，形式多样，至今还在延续。

早餐合买共吃。不少工厂里上班的年轻人基本上都是分配进单位的。有一些人住得离单位较远。当时的公交车十分拥挤，间隔时间又长，因此这些人上班时常迟到。家住附近的职工便为远路的职工把早餐买好。买的早点大都是大饼、油条、粢饭团，花费不过一两角。买者根据前日统计的人数，一买就是三、四元，大家吃后，分别付账，买者收到的全部是分币。

好友餐馆小聚。20世纪70年代末，有些职工每月的工资收入只有四十多元，但他们的生活倒十分轻松浪漫。在淮海路、静安寺等繁华路段的饭店聚餐是他们的经常节目。每到夜里，在盏盏白炽灯下的小台面上，四五个知己聚在一起，点上七八个冷盘热炒，一瓶啤酒仅三角左右，一顿下来，只花费几元钱，然而这在当时算得上高消费了。20世纪80年代，未婚青年交友聚会也崇尚聚餐。每到周末，在一些公园、舞厅中，以跳舞方式交友择偶的青年男女一到夜晚八九点钟，就一群群地在附近饭店小聚。每人花费只有几元，也是其乐融融。

预收聚餐费用。当然，参加聚餐的人中也有"小人"，即一些专吃白食的人。这些人很有一套逃避付钱的方法。聚餐进行到三分之二的时候，他便拎包起身，借口有事先走人。最后，他的那一份钱就由大家平分了。现在，聚餐的人为了防止"吃白食"的人出现，会预先向参加聚餐的人收费，然后多退少补。聚餐的形式发展了十几年，由早餐合买共吃，到好友餐馆小聚，再到预收聚餐费用，据说这种预付费聚餐还广受人们欢迎，这也算是与时俱进的做法吧。

2. "劈硬柴"

逢年过节，同事、朋友、同学总要聚会，以往都是轮流串串家门。

聚会一般都是在家里进行的，到哪家哪家就要忙一阵子，仔细一点的人家先要写好菜谱，冷盘、炒菜等。再要去菜场采购，买回来后，要洗，还要烹饪，一天忙下来累得筋疲力尽，费钱还费力。随着生活水平的不断提高，许多同事、朋友、同学提议到酒店聚会，采用"劈硬柴"方法，即每次用餐的费用多少每人平均分摊。大家举双手赞成，说这个办法好。从家中移师到酒店，虽然花了点钱，但图个方便，加上酒店环境幽雅，厨师烹饪的菜肴味道好，也是很值得的。而且点菜的数量可以根据实际情况而定，不至于浪费。当今的"AA制"即以往的"劈硬柴"。

信仰民俗

[陆]

民间信仰包括民间对佛道诸神及对基督教和天主教的信仰。区境内的佛教道教信仰可以追溯到三国时期。相传三国赤乌五年(242)，康僧会获五色舍利13颗，孙权即命建塔13座，以藏舍利，龙华塔即其中之一。民间传说龙华塔旁边的龙华寺也是孙权于赤乌五年（242）为孝敬其母而造，并按佛经中弥勒菩萨于龙华树下成佛的记载而名。从那时开始，随着区境内佛道信仰的发展，寺庙的数量也在不断地增多。明清时期是区境内佛道信仰发展的繁盛时期，如位于肇家浜路高安路口的陈泾庙、中山南二路船厂路口的江境庙等(现已不存)，都是在那时建造的。原华泾镇北杨村东侧的宁国寺和漕河泾东街的梵寿庵在当时也都是香火繁盛的寺庙。原淮海中路150弄2号的文殊寺、宛平路62号的福慧寺、斜土路1081号的观音寺、徐镇路南平民村574号的西方寺、龙华路小木桥路1883号的种福庵、陆家浜的卧龙庵、漕溪北路54弄10号的万圣宫等都建造于民国初年。当时这些寺庙的香火很盛，庙会更是接连不断。随着寺庙和庙会规模的不断扩大，佛道信仰和相关民俗文化也得到了不断的传播，同时也推动了城镇经济的繁荣。

上海开埠以后，随着西洋宗教的传入，徐家汇一度成为天主教的中心。同时基督教和东正教也在区境内得到发展。清道光二十二年(1842)，法国传教士南格禄等来到上海，在今蒲西路附近建造了上海耶稣会最早的会院。清咸丰七年(1857)，他们又在该地建造了一座希腊式教堂。清宣统二年(1910)，教会又建造了一座新教堂(即今徐家汇大堂)。咸丰六年以后，教会通过各种手段，取得了东起天钥桥路，西至文定路，南起斜土路，北抵徐镇路1.5平方公里的土地，并相继建造了耶稣会总院、大小修道院、圣母院、圣衣院。此外，教会还兴办了教育、文化、科技以及社会慈善等机构21个。徐家汇因为教堂和教会组织林立而被外国传教士称为"徐家汇教堂区"，并有"远东梵蒂冈"之称。区境内天主教堂曾经还有龙华镇百步桥南王家堂的龙华镇天主堂、宛南四村的海星堂、天钥桥路321号的王家堂天主堂、长桥北杨村邓家塘长桥港东岸的长桥天主堂、五原路287号的崇真天主堂。基督教堂有国际礼拜堂、救主堂、沪中教会。东正教有东正教堂（也称圣母大堂）。西方教堂和宗教活动的开展，将西方文化带入了中国。

[一] 佛教、道教

1. 志苏庙和志苏堂

18世纪30年代，在现在桂林路与钦州路口曾建造过一座志苏庙。志苏庙规模很大，占地面积达10亩。庙中供奉着菩萨和十大阎王，庙中还有二十多名和尚。当时志苏庙远近闻名，很多人到庙里烧香、磕头、许愿。每逢农历初一、十五，香火更加旺盛。1931年，一名香客上香时无意中引起火灾，顿时，庙宇烧成了灰烬。后来香客们出资，在原址上又建造了新庙，称为志苏堂。志苏堂的规模比志苏庙小，但香火仍然旺盛。每逢初一、十五，尤其是正月二十四、三月初三、九月初九、十二月二十四等日子，附近民众都到志苏堂来烧香、拜佛。每年三月初三、九月初九，还会有其他村庄的民众提前预约，将菩萨抬到村上去，俗称"出会"。菩萨出会是为了保佑村上风调雨顺，家家太平。抬菩萨时，有八人或四人用"毛竹杠棒"抬着，前有锣鼓开道，后有喇叭压场，队伍极为热闹。除了三月初三和九月初九，平时村上收成不好或有多人生病时，也会有民众来抬请菩萨去压邪气。

2. 陈泾庙

陈泾庙始建于明万历年间，位于肇嘉浜北侧（今高安路口），因庙地处于肇嘉浜支流陈泾旁得名。附近筑起的桥和路均以庙名定名。桥称为庙桥，后改名谨记桥。路有东庙桥路（今东安路）和西庙桥路（今宛平南路）。据民国十一年(1922年)《法华乡志》记载，陈泾庙早先供奉的是城隍，后来改为供奉佛道两教诸神。清咸丰三年（1853）、清光绪三十一年（1905）两次重修。

陈泾庙的首殿是弥勒殿，前为笑口弥勒佛，后是手执降魔杖的韦驮。两侧为四尊面目狰狞的金刚。正殿供有陈泾神像。第三殿为三清殿，供奉道教太上老君、天师、法师和二十八星宿。第四殿是阎王殿，供十殿阎王。阎王旁供有判官、鬼卒、牛头马面、黑白无常等。该庙集佛道两教诸神于一庙，归属道教。由当家道士主持香火。20世纪50年代陈泾庙逐渐衰落，一度曾被移作民房，后拆除。

> 清末的街头测字摊

3. 漕河庙

  漕河庙原址在龙华古镇，南临龙华港，占地12亩，在明代称为"曹湖庙"。漕河庙中设有城隍行祠及观音、文昌、关帝等偏殿，头门筑有"酌雅堂"与戏楼。

  漕河庙始建时间已不可考。明嘉靖年间曾废弃，后由当地人张道用募资重修。嘉靖四十三年（1564）竣工。明隆庆三年（1569），漕河庙拓地两亩余。万历元年又重修。清乾隆、嘉庆、道光、同治年间均曾修建。现存修建后记事的四方碑石，但都因年久保存不善而残缺，虽有碑文拓本在，但部分字迹已难以辨认。

  20世纪50年代，漕河庙改作生产组加工场，以后又为上海工艺品编织厂使用。文革初年，庙里的神像全部被毁。现在庙宇尚存，今为上海工艺品编织厂。

4. 河滩庙

  河滩庙在华泾镇东湾村靠近黄浦江边，庙东长满芦苇，所以庙名最初是芦滩庙，后来改叫河滩庙，河滩庙有房屋三幢二十一间。1946年因飞机坠落压塌。1947年重建。文革期间河滩庙内的菩萨塑像被毁坏。后来庙址被公社农业中学占用。

  农历十月初一是河滩庙的庙会日，由庙主主持，举行出神仪式。先放爆竹，然后鸣锣开道，扛神的仗队举旗打伞，前呼后拥，仗队后跟随着拈香祈祷的善男信女。仗队所经各村均搭起临时竹棚，置办酒席，斋供迎神。并请来说唱艺人，吹奏弹唱，场面热闹非凡。被抬出来的神，有的在村宅停留片刻，有的在村宅过夜。抬神仪式延续一整天后回庙。河滩庙的屋舍已经毁坏，但每逢初一、十五，仍有一些居住在附近的善男信女到此烧香祈祷。

5. 宁国寺

宁国寺原在华泾镇北杨村东侧，相传建于宋隆兴元年（1163），由乌泥泾首富张百五发起建寺，僧昌月任住持。南宋乾道二年（1166），请得寺名匾额，从此宁国寺与龙华寺呈南北相对之势。明洪武十二年（1379），宁国寺重建，一度改名为"观音禅寺"。明天启三年（1623），张所望重修，并移址于张家浜。宁国寺殿前有罗汉松四株，清康熙《松江府志》形容它们："枝干矗立，古色苍然，差之，四百年之物也。"清道光年间，宁国寺曾遭火灾。民国九年（1920），时任住持为常德僧人。他命人在寺院周围广种桃树，取名"西来园"。宁国寺进入最辉煌的时期，据传有屋舍五千零四十八间。1949年宁国寺毁于战火。

6. 华村庙

早年在虹梅路附近有一个华村庙，周围的居民都会在农历每个月的初一、十五前去烧香拜佛。在当地民众中，还形成了老人过世，到庙里烧回头香的习俗。如果遇到不能决断的事情，当地居民也习惯上庙里烧香，请菩萨决断。随着中环线的施工，华村庙已被拆除。

7. 黄道婆祠

黄道婆祠也称黄母祠或先棉祠。黄道婆死后，当地人民为了纪念她的功绩，在乌泥泾立祠祭祀，黄母祠后因年久失修而毁弃。当地人赵如珪曾重新修建，但时间不久，黄母祠再次塌毁。元代至正年间，张守中将其迁地再建。明成化年间刘琬重建。万历年间，张之象将其改建于张家浜听莺桥畔。30年后黄母祠废弃。天启六年（1626）张所望将其移至宁国寺西隅重建，但后来也被废弃。现黄母祠已迁至上海植物园内。

旧时，当地民众对黄道婆很是崇奉，凡学织布的女孩，按惯例先要到黄母祠烧香祭拜。据说，这样学织布就会有灵感，学得好。黄母祠供奉五位神仙。黄道婆居正堂，东堂是观音娘娘和神州娘娘，西堂是三官老爷和杨老爷。每当春节、元旦和黄道婆生日，附近民众都会成群结队地来祭拜。黄母祠的香火已经延续了几百年。

> 黄道婆塑像

> 华泾镇东湾村的黄道婆墓

8. 五圣堂

过去，在漕河泾一带的乡村中，多修建有五圣堂。农民生病时，会到五圣堂焚烧香烛祈福消灾。五圣堂烟火最盛的时节是秋季，因为经过春夏的辛勤劳作，很多村民积劳成疾，而这些病症往往在秋天显现出来。在科学不发达的时代，人们常将生病和触犯神仙联系起来。在漕河泾一带，一旦有人得病，人们就会认为是他或者他的家人得罪了五圣爷。于是，其家属就带着大量贡品到五圣堂烧香，乞求五圣爷原谅，希望病人能早日康复。他们会在傍晚到五圣堂和村口大道上焚烧纸元宝，祈求消灾祛病。有的村民还要到杂货店购买写上"石土"、"坟土"字样的黄色纸，放到村口或五圣堂焚烧。焚烧12张黄纸，称为"小全堂"；焚烧24张黄纸，称为"大全堂"。

人们生病时首先向五圣爷祈祷，如果五圣爷不显灵，村民们就会请几个道士到家作法祛病。道士在夜里手持道幡，口中念咒，焚烧纸人，洒水洒米，为主人消灾，称为敲太保。还有一些村民，每到秋季，不论家中是否有人生病，都要请道士到家里举行这种敲太保的仪式，为全家人消灾祈福。

9. 施相公庙

施相公是上海地区民间崇奉的道神灵之一。约从明末清初开始，祭祀施相公成为区境内的风俗。祭祀施相公的日期一般从腊月廿五开始，到除夕为止。祭品主要是用面粉制作的巨大馒头，馒头上捏一条蛇，这种馒头就叫"施相公馒头"。后来，馒头上的蛇被改为龙。于是"施相公馒头"被称作"盘龙馒头"。施相公何许人呢？有人认为他是崇明的施铤。施铤在明末英勇抗击倭寇，成为民族英雄，他死后被神化。也有人认为施相公叫施全，是一代名医，曾与秦桧同朝为官。施全刚正不阿，最终被秦桧派人暗杀。龙华曾建有施相公庙，在龙华寺东的百步桥北堍。当初的施相公塑像是红色的，其中一只手是金的。据说施相公的金手是治病救人的手，附近居民有病都会来祈求康复。殿的东边供着一小马夫和一匹马，这是预备给施相公骑了去出诊的。

10. 龙华寺与龙华塔

龙华寺是上海地区历史最为悠久，建筑最为雄伟的古刹，距今已有1750多年历史。五代时由吴越王钱俶重新建造。宋治平元年，朝廷赐下"空相寺"的匾额，由此龙华寺改称空相寺。明万历年间，龙华寺成为江南名山道场，是台宗十大名刹之一。此后，龙华寺屡圮屡建。新中国成立后，人民政府屡次出资修建。终于成为现在的规模。现在的龙华寺依然保留着宋代重建时的迦蓝七堂风格。迦蓝七堂是汉式佛寺最典型的建筑风格，即中轴对称格局，依次建有山门、钟楼、鼓楼、天王殿、大雄宝殿、东配殿、西配殿等主要殿宇。龙华寺内的殿宇，沿中轴线由南往北，依次是弥勒殿、天王殿、大雄宝殿、三圣宝殿、华林丈室、藏经楼。中轴线两侧是钟鼓楼、观音殿和罗汉堂。

现存的龙华塔是宋代建造的。它是典型的宋代楼阁式砖木结构建筑。塔身高40.6米，共七层八角。塔内壁呈方形，底层高大。每层四面有壶门，另四面为长方形龛状，但并未放置佛像。壶门的方向逐层转换：一、三、五、七层的门正向四方，二、四、六层的门则向东南、西南、东北、西北。每层都是木楼板和木梯，楼板下隐出砖拱，拱头券刹分三瓣。外檐转角辅作鸳鸯交手拱，是明显的宋式。底层围廊廊柱之柱头呈梭状，枋上有七朱八白的装饰，枋底呈琴面形。各层外檐翘角下悬檐铃，共悬有56个铜铃，风动铃响，姿态雄伟美观。砖拱上刻有宋代典型的花纹，塔脚下也是宋式瓦当。1984年5月，龙华塔进行了大规模的修葺。新铸塔尖宝瓶重175公斤，高1.90米，由上下两截相套而成。塔刹重达3.20吨，由覆盆、露盘、相轮、浪风索等18个部件组成。从建筑学上来讲，龙华塔能屹立千年的重要秘密就在塔基。塔基有20层砖，长35.5厘米，阔16厘米，厚7.5厘米，下为13厘米厚的垫木。垫木下打木桩，深度至30米，克服了地下松土和土质不均造成的沉陷，从而使龙华塔千年不倒。

>20世纪30年代的龙华寺

> 夜色掩映中的龙华塔

[二] 天主教

　　自明万历三十六年(1608)徐光启邀请意大利神父来沪开教，天主教随之在徐家汇及整个上海境内得到传播，新中国成立后，政府保护正常的宗教活动，1958年建立徐汇区天主教爱国会筹委会，1960年徐家汇天主堂成为上海教区主教座堂。

　　天主教在徐家汇地区还兴办了一些学校、科学设施和慈善机构。天主教在徐家汇创建的徐汇中学是沪上最早的一所天主教中学；震旦大学（前身为震旦学院）原址在徐家汇（即今漕溪北路徐家汇天主教堂前一块绿化地中）；崇德女中（亦名徐汇女中）、启明女中、徐汇师范等都是沪上颇负盛名的教会学校，这些学校培育了教内外不少人才，其中不乏如马相伯等名人。另外徐家汇天主教亦创办了如徐家汇天文台、徐家汇藏书楼、徐家汇博物馆、光启社等文化、科学设施。在慈善事业方面，徐家汇天主教在徐家汇创办了育婴堂收养弃婴。限于当时的条件及管理，育婴堂虽然大量地收养弃婴，但存活率不高，生存下来的婴儿稍长大一些后，就被送入天主教工厂或学校学习谋生技能。成年后，很多孤儿结成了夫妇，并继续在原地工作。

徐家汇现在仍是上海天主教的教务中心，天主教上海教区主教的驻节地。历史上中国天主教最大的一次活动——中国天主教主教会议即在徐家汇大堂召开。而现今上海天主教的重要活动如祝圣主教、祝圣神父等也在此进行。

1. 徐家汇天主教堂

徐家汇天主教堂是天主教上海教区主教座堂，位于蒲汇塘路158号。正式的名称为"圣母为天主之母之堂"。始建于清光绪三十一年（1905），宣统二年（1910）告成，是一座按西方建筑风格建造的教堂。堂内有苏州产金山石雕凿的64根植柱，有祭台19座，堂内可容纳2500人同时做弥撒。徐家汇天主教堂的外观是典型的欧洲中世纪哥特式，双尖顶砖石结构，尖顶高31米。尖顶上的两个十字架直插云霄。徐家汇天主教堂是上海最大的天主教堂，当年曾被誉为远东最壮观宏丽的天主堂。每逢周日与宗教节日，教友济济一堂，仪式盛大。现已被列为上海市文物保护单位。1980年重修，1982年圣诞节前夕修复了尖顶

> 徐家汇天主教堂内景

>夜幕下的徐家汇
天主教堂

十字架，重现了大教堂哥特式风貌。

　　1847年，天主教法籍耶稣会士南格禄及其同伴来到上海，得到徐光启后人的支持，在今蒲西路建院而居，并于1851年建成希腊式教堂，随着传教活动的开展，信奉天主教者也与日俱增。于是，这些传教士于1910年建成了当时号称远东第一教堂的今徐家汇天主教堂，并奉耶稣会创始人圣依纳爵为主保。因此，徐家汇天主教堂也称徐家汇圣依纳爵堂。当时天主教的教友，除了徐光启的后世子孙外，还有原住居民中由传教士发展的一部分教友和从江苏省、青浦等地迁居于此的一些农民渔民教友。另外，从天主教兴办的育婴堂成长起来的一批工人、艺人等也是天主教信徒。现在信奉天主教者中工农商学各界都有。旧时，徐汇大教堂钟楼上的钟声每日敲响三次（早六时、午十二时、晚六时），这钟声成为附近居民每日起居作息的号声。

2. 耶稣会总院

　　耶稣会总院原址位于现在的漕溪北路80号，徐家汇的耶稣会总院是耶稣会法国巴黎省会设在中国的总部，内设初学院、文学院、神学院，是培养传教士的基地。为培育本地的传教士即教区神父，在徐家汇设有大小修道院；另有协助传教工作的女修会如拯亡会、献堂会、圣衣会等等。

耶稣会总院现在属于徐家汇藏书楼的一部分。在很长时间内，这里一直是徐家汇天主教传教活动的中心，是耶稣会传教士工作和生活的地方。

1842年以后，来华工作的传教士越来越多，作为教士临时寓所的青浦横塘离上海很远，因此，南格禄决定在徐家汇建立耶稣会会士寓所。为什么要建在徐家汇，原因有二：一是这里与上海最早的教徒徐光启关系密切，住在这里的徐氏后人还保持着天主教信仰；二是徐家汇位于肇嘉浜和法华泾两水汇合处，可以通达上海和松江，交通非常方便。1847年3月，梅德尔神父购买了一块地，开始建造耶稣会总院。一位常熟的刘姓教友出资帮助兴建。开始建造的时候，曾遭到当地很多村民的反对，甚至有些人到工地上来闹事。梅德尔通过英国领事迫使当时的上海知县发布布告保护工程的进行。1847年7月，工程竣工。1860年，肇嘉浜东移，拓出大片田地，陆续增建。

耶稣会总院为四层西式建筑，座北朝南，最上一层为阁楼，东西

＞原耶稣会总院外观

> 徐家汇藏书楼

侧有宽大阳台，呈左右对称布局。下面的楼层为耶稣会士宿舍，上面则用作神学院教室。1927年，耶稣会士在耶稣会总院内设立了光启社，即"汉学研究所"，是天主教传教活动的信息中心。它以学校、讲演、报刊、出版物等各种形式为传教活动提供服务。它的活动领域涵盖了中国宗教、历史和社会等各方面。

> 徐家汇藏书楼内景

3. 圣母院

　　圣母院原址位于漕溪北路201号。1867年，法国巴黎的拯亡会修女来沪后，取得了献堂会圣母院的领导权。由于人数增加很快，她们就在徐家汇耶稣会总院对面河浜买了一大块土地。1868年9月奠基，开始建造总面积为六千多平方米的拯亡会、献堂会住院及女校校舍、宿舍等，总名徐家汇圣母院。圣母院内分设拯亡会和献堂会，还成立三个教友善会，是徐家汇及其附近地区的女教徒过宗教生活的中心场所。

　　圣母院办有徐汇女子中学、启明女校、聋哑学堂、幼稚园、育婴堂及女工作坊等，在上海教区内的传教事业仅次于耶稣会。拯亡会的宗旨是培养一批修女，帮助传教、管理学校和慈善机构，她们被当地居民称为"姆姆"。1933年时，圣母院有一百五六十名修女；献堂会初建时，吸收的是守贞的未婚女性，以后扩大到所有青年女性。其宗旨是培养作为本堂神父主要助手的修女。这里的修女不称"姆姆"，而称为"先生"或"某姑"。她们大多被派往江苏、安徽等地助理传教，或办经读班，进行儿童教育。献堂会自1869到1949年间，共培养了六百多名中国修女。圣母院聋哑学堂是上海最早开办的残疾人学校，有修女专门教授学生哑语。女工作坊内设刺绣所、花边间、裁缝作坊、浣衣厂等。20世纪30年代时，这里有女工五百多人，其生产的刺绣、花边等，为各界所欢迎，并远销海外。

＞原圣母院走廊

> 原圣母院穹顶

4. 圣衣院

　　圣衣院现位于上海电影制片厂的厂区内，创办于1869年。现存的圣衣院旧址是一幢假四层的砖木结构建筑，正门朝南，楼内过道贯通东西，房间两两相对。楼梯设在两端，房顶上开一排天窗。整体风格简洁大方。

　　1869年2月，应法国耶稣会教士郎怀仁之邀，来自拉瓦尔德圣衣会的5个法国修女乘船抵达上海，坐着轿子来到徐家汇圣母院。她们住进了先期来华的拯亡会法国修女和守贞姑娘让出的王家堂房屋。十

> 原圣衣院外景

> 圣衣院初建时的外景

几天之后，郎怀仁宣布"封门"，她们开始了与外界隔离的隐修生活。1873年12月，圣衣会在土山湾孤儿院对面的肇嘉浜东岸动工新建圣衣院新会院。修建完毕后，起名"圣若瑟圣衣院"。圣衣院以克己修身为本，入圣衣院的女教徒过着与世隔绝的生活。她们除了进行"望弥撒"、"领圣体"等宗教活动外，还要天天念"大日课"，讼"申正经"和"夜课经"。另外每周三晚上要用鞭子抽打自己的肉体，称为"打苦鞭"。

> 圣母院的艺术绣品工场内景

[三] 基督教

19世纪中叶，基督教开始传入上海，1915年，自立会鸿灵堂在区境内建立，至1949年区境内基督教堂达14所，1990年在册信仰教徒达2950人，如今较知名的教堂有：

1. 救主堂

创建于清咸丰三年（1853），是上海基督教最早建立的教堂之一。原在虹口区，民国七年（1918）在天水路重建教堂。民国二十六年（1937）"八·一三淞沪抗战"中被毁，于民国二十八年（1939）在区境内赵主教路（今五原路）再建新堂，民国三十年（1941）落成。圣台两侧上方建成假层"追思阁"，内悬挂教徒遗像及安放骨灰匣，人民音乐家冼星海遗像也挂列其中。每逢11月1日"诸圣日"，举行悼念亡故教徒追思礼拜。

前后任救主堂堂董会主席的有刁信德、颜福庆、陈巳生、罗冠宗。1950年，基督教界发起三自爱国运动，救主堂率先响应。1952年，上海市基督教界对帝国主义利用宗教制造恐怖气氛，以扰乱人心、对抗新社会的罪行开展控诉运动，圣公会的控诉大会就在救主堂举行。1987年，救主堂属危险房屋被拆除，另盖4幢楼房。前2幢自1989年9月起作为华东神学院校舍。

2. 国际礼拜堂

位于衡山路53号。国际礼拜堂是一群美国基督教信徒于1925年建造的一座基督教礼拜堂。由于他们用英语聚会礼拜，凡是懂英语的外国人，都喜欢到这个礼拜堂做礼拜。因此参加礼拜的人来自不同的国家，这就使礼拜堂具有一定的国际性，堂的名字大概由此而来。国际礼拜堂的另一个特点是超宗派。基督教（新教）有很多宗派，每一个教堂都隶属于某一个宗派，几乎概莫能外。但国际礼拜堂从建堂开始就不属任何一个宗派，而是面向所有的宗派。

新中国成立后，到国际礼拜堂做礼拜的大多为中国人。但国际礼拜堂在海外的名声很大，不少外国基督教信徒来到上海，还是愿意到国际礼拜堂来聚会礼拜。"文化大革命"中，所有宗教活动被停止，国际礼拜堂也不能幸免，文革结束后的1980年圣诞节，国际礼拜堂举行了恢复后的第一次礼拜。国际礼拜堂现今每个星期日上午做两场礼拜，参加的人非常多，因此所有大小房间全部开放做礼拜场所，但还是有不少人不得不坐在院子里做礼拜。圣诞节和复活节期间，来礼拜堂的人更是络绎不绝。国际礼拜堂其他的例行仪式还包括：每月第一个星期日晚上举行礼文式圣餐，第三个星期日晚上是音乐崇拜，第二、四、五晚上举行青年礼拜。周间有祷告聚会、查经聚会、老人聚会、妇女聚会和学习组、文艺组等聚会活动。国际礼拜堂每年举行两次洗礼，接纳新信徒。一次在复活节后，一次在圣诞节前。

> 国际礼拜堂内景

[四] 东正教

上海的东正教徒主要是白俄和东欧各国侨民，中国教徒极少。

1931年日本侵略我东北后，在那里的外籍东正教徒逐渐集中到上海。上海东正教最盛时期有7所教堂，即新乐路总堂、皋兰路分堂、霍山路分堂、惠民路传道所、陕西南路修道院、茂名路圣母堂和衡山路的提唤堂。1946年上海东正教会改称中华东正教会。50年代初，随着外籍侨民纷纷离境，东正教堂相继关闭，至1958年仅剩新乐路一座。1965年东正教上海教区主教杜润臣去世，教会活动结束。

位于新乐路55号的东正教堂又称圣母大堂，是上海最大的东正教堂。由旅沪俄侨集资兴建，1933年6月4日奠基，1936年2月落成。协隆洋行建筑师、著名俄籍画家利霍诺斯设计。占地面积约2000平方米，建筑面积1030平方米。外形仿照莫斯科救世教堂。主穹顶高35米，由四个小穹顶拱卫。堂内宽敞，可供2500名教徒进行宗教仪式，仅一前台即可容一支300人的合唱队。该教堂自建成起一直为东正教上海教区主教座堂。1956年，产权移交中国政府。

［五］民间信俗

民间信俗就是大众日常生活的信仰习俗，是人们在日常生活中的沿习传承而逐渐形成的，如龙华地区的出会、求雨、抬佛、造房仪式等习俗：

1. 出　会

出会是地方上为祈祥压邪、驱赶瘟疫而举行的集会。旧时龙华地方的出会，一般每年一次，定在清明，为期三天。也有一年两次的，第二次则在十月朝(农历十月初一)。如逢瑞年，人丁无恙，也有不出会的。还有一种出会，即在求雨成功后举办的迎神赛会。出会在清末民初很盛行。大致过程为：先由当地镇董乡绅豪富出面推举"会首"（即主持人），由会首安排出会队伍，派人持锣鸣示应出队伍

>20 世纪 30 年代的龙华塔

的村宅。所费由各村分摊，不论多少，家家都出。出会之日，游行队伍在会首指定之处结集。各村会班到齐，即出会游行，范围以龙华地区为主，须行遍各村，逢大村还须加演节目。出会队伍或有转至小木桥、斜桥者，途中专设茶水站、饭铺，并有饭菜和点心等"路祭"，特别招待会首、头旗、头班。队伍最前之旗称头旗，最前的会班称头班。执头旗者为当地勇夫，必须身强力壮，且有人望，故人常争之以获誉。大旗后即神像。神像从漕河庙里抬出，置于专备的抬椅上，两边插以轿杠，四人抬一尊。出会所抬神像甚多，最前为一小神像（又称小老爷），为前路，司侍卫职。其后为城隍、土地、杨爷、孟将、岳王、张显。神像着红绿大袍。四周有人扮小鬼，头戴高帽，身穿红黑衣装。神像后为各村会班。队中节目五花八门，千奇百怪，有文、武班之分。武班最显者为"荡香炉"。香炉轻则五六十斤，重则八九十斤，内插燃香，炉上系有铜钩若干，由一大汉裸身（或只裸单臂），伸出单臂，铜钩扎入手臂肉中，又佩一特制支架撑于腰与上臂之间，以维系手臂平衡。因其负荷过重，往往皮开肉绽，鲜血淋漓。荡香炉者被视为队中最勇者。次为悬大金锣（铜锣），重约二三十斤，上有铜钩6只，只只扎入臂肉，悬者且行且击锣。又有悬数面小金锣的，略仿于悬大锣者。更有别出心裁者，或赤膊以针别鲜花百朵，或以钩悬花篮，篮内装土，满插鲜花，两臂各一，类似悬香炉。凡此作为，据云都是以勇镇邪。又有荡湖船，用纸糊成无底船，中一美男扮成女相，手抓船沿，作缓缓行船之状。船尾紧随一青年男子，执桨作划船状，边行边唱。所唱以滩簧为多，也有唱其他小调的。舞龙灯、舞狮子、踩高跷，也属武班。龙灯最多，一村或一宅即有一龙，并配锣鼓一套。大场面有十余彩龙同时狂舞。参加村各有村旗，上绣图案，边镶流苏飘带，顶悬铜铃。旗杆多用竹篙（更有用毛竹者），竞相比高。文班参加者则穿花衣，头戴高帽，以说、演、唱为主。四乡丝竹班子也应邀一献身手。出会三天，游行三天。20世纪40年代后渐渐绝迹。近年来，龙华庙会中又恢复了"吉祥出会"的民间祭祀仪式，成为龙华庙会民间信俗的一道风景线。

2.求　雨

　　求雨多在七八月间久旱无雨时举行。通常干旱两月即行求雨。求雨形式类同出会。其过程为：首推主持人若干，次向各家各户募集费用，多少不论，无钱以物相抵。仪式举行前，先将漕河庙中神像抬至烈日下暴晒三天，迫其上禀旱情。同时每日清晨又有乡人至各村鸣锣告知准备求雨。如三日内仍不下雨，即举行求雨仪式。求雨队伍最前抬杨爷、孟将（或施相公）两尊神像，后面随有"荡香炉"、"荡金锣"及演唱等，略同于出会。又有许多青年女子身着红衣，脚蹬绣鞋，肩挑红漆水桶，盈盈作舞，称"挑水娘"。龙华镇所有民间集会中，唯求雨允许女子参加。更有若干穿戴古怪滑稽者，或赤身光头，口中喊热；或身裹皮裘，手捧暖炉，口中称冷；或男扮女相，矫饰新娘，扭捏作态。游行至日落，将神像请进漕河庙，面南而坐，设坛焚香，捧上酒浆，并有八炒四大菜，另设24供桌，置各色供果。菜肴上齐，由一说唱先生逐一将菜献至神像前，口中且名且赞。每像前又各有两人连连叩首致敬。日暮，乡人聚于庙旁旷地戏台前观看打唱和皮影戏。求雨之日须断屠，但家禽除外。如求雨成功，还须举行"抬佛"谢神，或举办迎神赛会。求雨之俗止于20世纪三四十年代。

3.抬　佛

抬佛，俗称抬老爷，是一种民间喜庆活动。风调雨顺之年都要举行一次，以谢神佑。其规模远小于出会和求雨，形式、节目大同小异。抬佛一般在正月举行，如举行二到三次，则后两次在清明与十月朝。由各村轮办，为期三天。每次先由主办村公推主持人，确定日期，再知照四乡，由各村募集资金。其前七天，每日之晨派未婚男子十数人至漕河庙中朝拜神像。首日称请佛，须致赞词，后六日只需磕头，同时又须派人在去庙的沿途鸣锣七天，第八天正式抬佛。一次只抬三尊，常例为城隍、杨爷及孟将。其首日为神像着龙袍，巡游四乡。金锣开道，后随大旗。又有皂衣高帽，持枪执棍的三班"衙役"拥护神像左右。四条大汉合抬一像（抬像者有专门轿班，由一村世袭），所到之处，乡人设香迎拜。至暮，神像抬入主办村预备的帐篷，内设上好酒宴。像入，先由众人磕头，燃放爆竹，再由庙主为神像逐一"洗脸"，再后神像入席，由专人敬酒。旁又设36桌以陈设各色供果。夜则派人若干作陪。第二日为正日，四乡人众涌入主办村看戏（俗称看打唱），戏班子或从他处请来，或由村内自行组织。入夜则演皮影戏。三日清晨，神像前呼后拥再绕各村转一圈，然后送回漕河庙。抬佛之俗终止于20世纪三四十年代。

4.造房仪式

旧时建造住房，为了建房的顺利和日后的吉祥如意，要请风水先生"选择地基"，然后选择"良辰吉日"祭土，破土动工。上梁必须选黄道吉日，正梁贴有"太公在此，百无禁忌"的横条，两侧中柱上贴"上梁正逢黄道日，立柱巧遇紫薇星"的对联。上梁时，木匠一手执斧，一手托茶叶、米盘，高唱颂词，同时鞭炮齐鸣，抛上梁馒头、糕点。上梁日，亲朋好友都来送礼祝贺。开工、上梁、竣工都设酒席款待匠人，竣工后请道士诵经收土，并大摆酒席，宴请亲友，名曰"进屋酒"。在造房过程中，门窗、走廊、楼梯等位置、形状也有很多讲究及禁忌。

5. 大伏天拜日头

农历夏季进入三伏，各家各户主妇们，都冒着炎炎烈日，将家中所有需要暴晒的衣物，尤其是毛呢料绒线衣、冬衣还有棉花毯、羊毛毯等翻出来，放到有太阳的地方暴晒几天。这一习俗，一般不固定在三伏哪一天，只是主妇会在此间选择超过35℃的高温天操办此事。俗信：太阳公公一拜，家中霉气全清。这样暴晒，不仅衣物保存得好，且能消虫，确保大人小囡全家安康。

旧时市民居住条件差，暴晒日一到，家家户户不约而同翻箱倒柜。窗门外、院庭中、屋顶上、弄堂口都摊放着各家各户的衣物杂件。有条件的人家还在花园中搭只小活动床作暴晒衣服用，有些读书人趁机将心爱的旧书一本一本拿出来晒一晒。有些人家晒衣物时还在旁边摆一只小台子，台子上点香烛，放供品。民间称为"拜日头，消霉气，保太平"。

6. 催儿早起诀

旧时徐汇当地有这样的习俗，父母催孩子早起，不要睡懒觉，要在推醒之后说"早睡早起"，小孩醒后答应"富贵到底"；父母再催小孩坐起身来穿衣说"说爬就爬"，小孩子坐起应答"富贵荣华"。父母与子女的对答连贯起来就是："早睡早起——富贵到底"、"说爬就爬——富贵荣华"、"说穿就穿——一世做官"。

这是旧时百姓人家企盼子女出人头地、家庭脱贫致富的一种心理愿望在日常起居生活中的反映。

7. 叫魂还魂

旧时陋俗。此俗流传在民间，小囡夜间啼哭不止，家人会悄悄将写有一句口诀的字条贴到路旁、树上，以求小儿安宁。口诀为："天荒荒，地荒荒；我家有个小儿郎，走路君子念一遍，一觉睡到大天亮。"

据说，这些字条只要有人念过，就会灵验，确保小囡安宁。如果这一招不灵，家人就会考虑小囡是不是还有其他什么病痛造成啼哭。如果小囡患有疾病，其家长就认为小囡的魂魄被鬼缠住了。相信此话的人家此时便会拿些香烛、纸钱，并扎制一个纸人在天未亮前到十字路口去祭拜，并连连呼叫："我家小囡回来吧……"然后点燃香烛烧掉纸钱和纸扎人，这样的活动称为"喊魂"。烧纸钱、纸人的目的是让鬼魂回去，唤回病孩的灵魂。

民间文艺

[柒]

区境内的民间文艺样式可说是种类丰富，多姿多彩。就民间艺术而言，既有发展为一个成熟的地方剧种的滑稽戏，也有活跃于各乡各村的历史悠久的江南丝竹、皮影戏，还有舞龙、舞狮、荡湖船等民间舞蹈；就民间文学而言，有数量可观、内容动人的民间故事、传说以及歌谣等。这些充满活力的民间文艺不仅是民众娱神或自我娱乐的方式，也是民众的生活经验、生活习俗、生活观念的生动反映。

［一］ 戏曲曲艺

1. 滑稽戏

徐汇地区的市民阶层十分喜欢滑稽戏，滑稽戏是在短小精悍的独脚戏和上海说唱这两种表演形式的基础上吸收了文明戏（话剧）的表演形式发展而成的，是观众喜闻乐见的民间戏剧形式。滑稽戏的音乐，沿用独脚戏的"九腔十八调"。滑稽戏的表演要求演员在说、唱和形体动作等方面全面发展。优秀的滑稽戏演员不但要会唱常用民间曲调和流行歌曲，还要尽可能学习不同戏曲流派的不同唱腔；滑稽戏演员要口齿伶俐、反应敏捷，能讲一口漂亮的各地方言，如上海话、宁波话、绍兴话、杭州话、苏州话、无锡话、南京话、扬州话、山东话、四川话、广东话等，而且往往以会讲混杂的方言为妙，如广东上海话、北京四川话等；滑稽戏演员有时还根据剧情的需要讲英语、日语等外国语言。滑稽戏中的表演动作十分夸张，演来令人捧腹，成为滑稽戏的一大特色。

新中国成立后，滑稽戏得到了迅速发展。1951年建立了上海蜜蜂滑稽剧团。1958年，艺锋和新艺滑稽剧团并入，仍称上海蜜蜂滑稽剧团。1960年1月，上海蜜蜂滑稽剧团并入上海人民艺术剧院，改称上海人民艺术剧院滑稽剧团。1978年1月，重新建团，改名为上海曲艺剧团。1985年初改名为上海滑稽剧团，团址原在永嘉路345弄6号。

剧团拥有闻名全国的滑稽表演艺术家姚慕双、周柏春、袁一灵等，著名编剧周正行、缪依杭、胡廷源等。剧团的著名演员有吴双艺、童双春、翁双杰、王双庆、严顺开、李青、王辉荃等。创作演出的优秀滑稽戏有《出色答案》、《忤命交关》、《路灯下的宝贝》、《甜酸苦辣》、《阿混新传》《GPT不正常》、《世界真奇妙》等。

2. 沪　剧

　　带有江南水乡情调的沪剧（本地人称之为"申曲"），深受本地居民的喜爱。徐汇沪剧团的前身是以施春轩为主组成的施家班沪剧团。施春轩与筱文滨是上海沪剧第一代著名演员。1950年，施家班沪剧团与丁是娥的上艺沪剧团合作组成上施沪剧团。不久，又与汪秀英合作组成英施沪剧团。1952年，英施沪剧团更名为长江沪剧团，汪秀英任团长，施春轩任副团长。长江沪剧团在沪剧界有一定的影响。著名演

>汪秀英演出《千里送京娘》剧照

员有汪秀英、施春轩、丁国斌、赵云鸣等。1959年，剧团创作上演了反映"五卅"惨案的《史红梅》，连演了一百多场。该剧团还上演了《啼笑因缘》、《陆雅臣》、《顾鼎臣》、《花弄影》等剧目。1966年，"文革"开始，剧团停止演出活动。

1979年3月，以原长江沪剧团为主，吸收了南市区群艺沪剧团的顾曼君等演员，组成了徐汇沪剧团。剧团上演剧目有《救救她》、《称心如意》、《阴谋与爱情》、《啼笑因缘》等。后因种种原因剧团于1983年解散。

3. 上海说唱

上海说唱是独脚戏的一个分支，是上海地方曲艺形式之一。在传统的独脚戏中，可分为以说和唱为主两种类型。上海说唱著名演员黄永生原是上海龙华机器厂工人，他自幼喜爱卖梨膏糖的演唱，在工厂工作时，常用滑稽曲调填上词句作宣传演唱，受到群众好评，并得到了袁一灵老师的辅导。他经常在区工人俱乐部组织的各类庆典活动中演唱，很受观众欢迎。1956年他参加全国职工曲艺汇演，演唱了《一定要解放台湾》并获了奖。后来他参加了部队文工团，继续表演说唱节目。1964年赴京参加第三届全军文艺会演，他演唱的节目《热心人》获得了创作和演出一等奖。为了与其他省市的说唱节目有所区分，便冠以了"上海说唱"的名称。至此"上海说唱"这一新曲种正式诞生。上海说唱在独脚戏的基础上，又吸取了其他说唱艺术和苏州弹词的表现技巧，采用"一人多角，跳进跳出"的手法，说、唱相间，以唱为主，融说、表、唱、白、做（演）为一体，形成了自己的特点。这一时期上海说唱的代表曲目有《热心人》、《第三次婚期》、《五分钱》、《劫

＞黄永生拜王盘声为师

刑车》、《买药》等。

4．长桥丝竹

具有上海地区特色的民间合奏音乐——江南丝竹在上海已有三百余年的历史，20世纪30年代，上海西南的长桥、华泾一带（原上海县龙华乡）的江南丝竹再度兴盛。长桥地区的民乐爱好者郭柏生、郭友根、陈林方、钱小毛、赵兰州等十余人联合组成长桥丝竹班。他们备有琵琶、三弦、二胡、箫笛之类的乐器，经常在长桥镇南街当时的长乐茶园内演奏。他们演奏的曲目包括《梅花三落》、《行街四合》等，

>长桥街道江南丝竹表演

深受当地群众的欢迎。

1939年，赵兰州、唐盛麟发起成立了"长桥国乐社"。为了使长桥丝竹更具观赏价值，他们对乐器做了一番修饰，挂上了很多装饰品（俗称彩头），如：箫笛上的双龙抢珠，二胡上的彩蝶，笙上的宝塔，琵琶三弦上的凤凰等。此外，他们还在乐器上挂小花篮，非常美观。长桥国乐社的成员经常利用业余时间聚在一起弹奏乐曲、练习技艺。同时，他们还聘请上海国乐社的笛王金祖礼、三弦演奏家朱少美等前来辅导。因此，长桥国乐社成员的演奏水平逐渐提高。他们演奏的曲目除了江南丝竹八大曲外，还有广东音乐名曲等曲目。每

逢民间庙会或节日，长桥国乐社大都会去表演助兴。凡民家有婚嫁寿筵等喜庆，如果受到邀请，他们也会欣然前往。他们的演奏大都不计报酬。长桥国乐社的表演还得到过我国著名笛子演奏家陆春龄的指导。陆春龄的侄子结婚时，长桥国乐社前去演奏助兴。当十四位成员一曲《梅花三落》演奏完毕，陆先生亲自上前祝贺他们演出成功。从此，长桥国乐社就与陆先生保持了联系，并得到了他的指导。

新中国成立后，长桥国乐社改名为"长桥民族乐队"。20世纪50年代初期，长桥民族乐队先后应邀到龙华机场，参加迎接印度总理尼赫鲁、朝鲜民主主义人民共和国首相金日成等贵宾的欢迎仪式。他们精湛的演奏技巧得到朱德、刘少奇、周恩来等当时的国家领导人的称赞。

为保护长桥丝竹这项宝贵的民间曲艺，从2003年底起，徐汇区长桥街道在各方面力量的支持和帮助下，恢复了江南丝竹班的音乐练习和演奏活动。新的长桥江南丝竹乐队汇聚了沪上具有一流水平的江南丝竹名家陆勤康、周琢堂、刘耀华、侯根生、周峰等三十余人。他们无偿为当地社区居民演出，得到了民众的一致称赞。为保护和传承江南丝竹，他们还走街串巷访问了很多古稀丝竹老人，录制了大量不同风格的江南丝竹音乐，高质量地保存了丝竹名家的演奏实况，制作了10集江南丝竹系列集锦，使得江南丝竹的不同流派、不同风格的曲调都得以保存。

近年来，长桥江南丝竹乐队积极参加各类公益演出活动。东方讲坛于2006年农历正月初五在上海图书馆举行了一次"走近江南丝竹"的专题讲座。长桥江南丝竹乐队进行了现场演示。时逢新春佳节，讲座现场爆满，委婉动听而又略带神秘色彩的本地音乐为繁华的大都市增添了祥和的气氛。江南丝竹音乐的特点是快而不乱，慢而不拖，被外国音乐家誉为中国的爵士乐。有专家曾指出：江南丝竹的音乐频率为每分钟60至65拍，与人的心率脉搏跳动相吻合，因此，常听江南丝竹，可以达到降低火气、修心养生、延年益寿的效果。

5. 皮影戏

地处上海西南地区的徐汇区康健、漕河泾、凌云、长桥、虹梅等街道，过去都是乡村，这里的民众以务农为生。从清朝光绪年间开始一直到1966年"文化大革命"前，每当丰收或遇到重大喜庆活动，民众都要请皮影戏班演出。西南地区的皮影戏演出成为当时重要的民间风俗之一。

皮影戏也称灯影戏、土影戏、影戏，上海西南地区的村民把它称作为"皮田头戏"。皮影戏戏台一般设在打谷场、广场、茶馆或书场等处。戏台用两张八仙桌相并，桌脚上绑扎起高约1.2～1.5米、宽2米的木框，木框上张贴一张白布，成为影窗。影窗两侧覆以皮雕龙凤作装饰，上沿挂皮雕宫灯，也称天灯。假如戏班的主唱者是拜师从艺科班出身就挂七盏灯，不是拜师从艺科班出身的就挂二、三、四、五、六盏灯，灯数多寡，显示皮影戏班的实力。挂二、三灯者演出节目由戏班自定；挂四、五、六灯者演出节目由邀请者挑选；挂七盏灯者演出节目由观众即兴点演。到后来，挂灯成为一种装饰，并不代表戏班的实力了。在影窗后约一尺距离悬挂一盏照明灯，早先用油盏灯，后来用汽油灯，解放后改用电灯。演出前，将皮雕人像、兵器、案桌放置在影窗后。演出时，打开灯光，将彩色镂雕玲珑的皮影人物和各种物品的影像投影在影窗上。操作者随着歌唱和音乐的伴奏操纵皮影人物和各种物品，表演出一定的故事情节。上海西

＞用小牛皮精心制作的皮影戏人物头像造型

> 老艺人沈龙江正在演示皮影戏

南地区皮影戏的美术造型在清光绪年间到民国初年间，用牛皮制作皮影人物的身体，用羊皮制作透光度高的人物头像。但由于皮影戏往往露天通宵演出，下半夜露水多，羊皮制品受潮软化，不能操作。后来经过几代人的努力，用小牛皮制作成皮影人物的头像，演出效果非常好。但用牛皮制作头像的成本很高。到了1978年艺人试用塑料代替牛皮，塑料人物透光度好，但容易产生裂缝。

上海西南地区皮影戏的第一代创始传人系旧时的上海县人毛耕渔。毛耕渔生于1850年，逝于1907年。有一年中秋，毛耕渔应邀到金山过节，观看了浙东皮影戏演出，他沉醉于这种民间艺术中，当即上台拜艺人殷茂公为师。经过三年勤学苦练，终于业满学成。毛耕渔回到家乡后收山歌能手赵少亭、笛手怀周、二胡高手陈妙根等人为徒弟，于光绪六年（1880）组建了上海首个皮影戏演出班子，定名为"鸿绪堂"。毛耕渔从光绪六年（1880）创建皮影戏班子开始，到光绪三十三年（1907）6月29日在庄家桥感染瘟疫暴毙舞台，前后连续演出了27年。到文革前，上海西南地区皮影戏共传了六代，毛耕渔的徒子徒孙遍布上海各区。西南地区皮影戏流布的范围非常广，他们演出的足迹遍布徐汇区的村巷、茶馆和书场。除了在西南地区各乡镇演出外，还经常应邀到上海大世界游乐场、徐家汇一乐天茶楼和江浙一带城镇演出。

皮影戏班演出的剧本与说唱文学有着极为密切的关系，题材广泛，内容丰富，善于表现神话、民间传说故事。演出的剧目有《封神镑》、《三国演义》、《西游记》、《隋唐演义》、《薛仁贵征东》、《薛仁贵征西》、《粉妆楼》、《金枪传》、《飞龙传》、《万花楼》、《狄青平西》、《狄青平南》、《呼家将》、《岳飞传》、《英烈》、《天宝图》、《地宝图》、《宝莲灯》等。当时有影响的皮影戏班除了鸿绪堂班外、还有竹岗班、梁山班、北王班、龙华长桥班、梅陇赵家班、桂林班、徐顺林班、七宝班、北钱班、正义班、汇西班、先进班、为民班、虹桥班、高玉林班、赵金山班、杜建民班、叶金舟班等，共计19个皮影戏班。

为了抢救西南地区皮影戏这一宝贵的民间艺术和保存皮影艺术的珍贵资料，上海西南地区皮影戏的第一代创始人毛耕渔的嗣孙孙宝祥和第五代徒孙琚墨熙，从1978年初开始，用牛皮制作皮影。他们经过整整八年的艰辛努力，到1987年底，终于完成了整套的皮影人物和物品。此后，琚墨熙又花了五年时间，精心绘画了《绘草社》图版的皮影戏画本和《赋礼》（皮影艺人读本）全卷。琚老于2003年3月12日，将他珍藏的稀世珍宝——整套《清代皮影》捐赠给了上海历史博物馆，为保护祖国的民间文化遗产，立下大功。

> 皮影戏老艺人琚墨熙和他绘制的皮影戏人物造型

[二] 民间美术

1. 土山湾画馆的手工美术工艺

清同治三年（1864），土山湾的土山被削为平地，耶稣会在此地创办了孤儿院，并设立了工艺工场，俗称土山湾画馆，其中包括缝纫、制鞋、木工、金属制品、绘画、雕塑、印刷等工场。此举一方面是为了解决资金来源的问题，另一方面是为了让孤儿院的孤儿掌握一些谋生的技艺。土山湾画馆不仅出产具有西方特色的艺术作品，而且也生产中国民间手工工艺作品。与此同时，有些技术虽然来自国外，但经过一段时间的发展，已与中国传统文化相结合，具有了中国本土化的特色，并最终成为上海民间手工工艺的一部分。

一是月份牌绘画。土山湾画馆，在传授西洋画技法、临摹绘制宗教绘画的同时，也教授中国传统的绘画技法。曾在这里学习过的徐咏青、周湘、张充仁、杭稚英等人就曾尝试月份牌绘画。他们将西方绘画技巧和中国传统年画特点相结合创作出了最早的月份牌绘画。二是泥塑。泥塑是中国非常传统的艺术门类，在土山湾画馆里也有一定的位置，这里还诞生了著名泥塑大家张充仁。三是雕刻。土山湾画馆雕塑技艺最早的授艺人是西班牙籍修士范佐廷（J.Ferrer），由他把技艺

> 土山湾画馆的素描课

＞土山湾画馆中习画场景

传给上海最早的中国辅理修士陆伯都。土山湾画馆的绘画、雕刻工场主要制作圣像、雕塑等宗教工艺品，几乎上海的天主堂都有他们制作的画像和雕塑。四是编结。清宣统二年（1910）土山湾画馆传授花边编结工艺后，编结者日增。在圣母院里长大的孤儿，女的满七八岁就送到幼稚园学习语文、算术、刺绣等。她们生产的花边、刺绣等手工制品，卖价很高。此后，越来越多的土山湾周边妇女加入了编织花边的行列。这项技能的收入成为她们家庭劳动的主要收入。五是绒绣。绒绣起源于意大利，20世纪初传入上海。当时徐家汇天主教的修女在农村传授西方绒绣技艺，借以扩大宗教影响。此后，绒绣从业人员渐多，生产有所发展。六是彩绘玻璃技艺。彩绘玻璃也是土山湾画馆的产品，此工艺由法国传教士自法国工艺美术学校带来，绘画时，先画出设计稿，再用颜料将人物、花草、鸟兽等图像彩绘于玻璃上，置炉中煨炙后彩色渗入玻璃，绚丽异常，色泽永久不褪。

2．上海剪纸

在《中国民俗文化丛书——剪纸艺术》一书中，列出了上海两位剪纸艺术大师：王子淦、林曦明。王子淦已故世，林曦明现为中国剪纸协会名誉会长、上海剪纸协会会长、上海美协理事、上海中国画院一级画师。20世纪70年代初，他的百余幅剪纸佳作汇编成《林曦明剪纸选集》，并在中国美术馆举办的《中国剪纸世纪回顾展》中荣获剪纸艺术一等奖。

林曦明，生于浙江永嘉的一家世代制作龙灯的人家。幼年，在身怀剪纸技艺的父亲精心传授下，经勤学苦练，传承父业，成为当地的一位剪纸的后起之秀。成年后，他师从苏昧朔，为其入室弟子。林曦明七十余年在艺术领域辛勤耕耘、不断探索，逐步形成了具有鲜明特征的海派剪纸艺术，创作了数百幅反映中国农村和城市变化的原创剪纸作品，蜚声民间艺术领域。

他将自己对生活的理解和独特的构思，融于剪纸，他的作品夸张变形而又顺乎自然，纯真动人而又寓意深邃，具有个性鲜明的原创性和抒情性。特别是在表现形式上，他大胆运用中国山水画的写意手法，把书画和剪纸融会贯通，在我国剪纸艺术上堪称一绝。2008年以其为代表的"上海剪纸"，被列入《第一批国家级非物质文化遗产扩展项目名录》。

3．连环画

连环画是以多幅画面表现故事情节的绘画，通常采用文图结合的形式，是一种具有独特表现力和感染力的通俗图画读物。文学家茅盾称其为"连环图画小说"。中国连环画形成并发展于上海。约在1913年左右，上海石印新闻画报以文画配合形式报道社会新闻，风行一时。连环画就在此基础上发展形成。1927年世界书局出版《连环图画三国志》等5种演义故事后，这类图画读物便正式定名为连环画，并逐渐广泛流传。自20年代至40年代末，上海连环画作者中，著名的有朱润斋、周云舫、沈曼云、赵宏本、钱笑朵、陈光镒等。1935年起张乐平创作连环漫画《三毛流浪记》，在读者中引起强烈反响。新中国成立后，连环画创作出版更为繁荣，涌现了不少连环画画家，并建立了一支熟悉连环画艺术表现形式的文学脚本作者队伍，他们大都生活、工作在徐汇区。在历届全国连环画评奖中，上海的连环画创作获得了较高的评价，其中较有影响的作者和作品有：程十发编绘的《画皮》；董子畏编、刘旦宅绘的《屈原》；章程编、顾炳鑫绘的《渡江侦察记》；王星北编、赵宏本和钱笑呆绘的《孙悟空三打白骨精》；董子畏编、丁斌曾和韩和平绘的《铁道游击队》；董子畏编、贺友直绘的《山乡巨

> 20 世纪 30 年代街头流动小书摊

变》；大鲁编、华三川绘的《白毛女》；王星北编、汪观清绘的《红日》；上海师大中文系编、戴敦邦绘的《大泽烈火》等。

[三] 民间舞蹈

1.荡湖船

据传荡湖船产生在明末清初,是流行于民间的一种广大群众喜闻乐见的乡村歌舞。演出时,搭配民族乐器,载歌载舞,深受徐汇群众喜爱。荡湖船的主要道具是用小木条和篾竹扎成一个小巧玲珑的船形,再用彩纸糊在船面上,以求美观。因为船身很轻,表演者可用带子将船挂在肩上表演。参加表演的角色包括:龙女、蚌女、船女、船夫。表演时依次出场。龙女舞动水袖,代表着水波荡漾;蚌女背着蚌壳,时开时合地舞动;船女用手作划桨姿态;其后的船夫作竹篙撑船的姿势。船夫和船女的上半身都要露出船舱。前行时,他们的身体微微摆动,以表示船在风浪中颠簸。这则传统歌舞中包含有"龙女出

> 龙华街道表演的荡湖船

水"、"蚌壳戏水"、"船夫力争上游"等情节。它一方面表现了龙女、蚌女对人间美好生活和夫妻恩爱的向往,另一方面也反映了渔业生产和舟船竞渡的欢乐情景。

荡湖船在20世纪六七十年代以后逐渐销声匿迹。近几年,徐汇区组织人力和物力对其进行了抢救。枫林社区的荡湖船队尽量保持了荡湖船的原有特色;而龙华社区则在原荡湖船的基础上进行了局部改造,发展出了蚌舞船这种适合于行街表演的文艺形式。

2. 龙狮队

舞龙舞狮在龙华地区源远流长。这种风俗始于何时,难以考证了。但在清朝乾隆年间,舞龙舞狮的风俗已经发展得非常繁盛,几乎村村均有舞龙舞狮队。每逢庙会、节日和结婚、开业等吉庆时刻,总会有龙狮队表演助兴。传统龙狮队的道具(即龙、狮、龙珠、绣球等)大都用竹片、绸布等制作而成。现在徐汇区的龙华社区仍然活跃着一支近五十人的龙狮队。龙狮队有六只狮子和四条龙。每只狮子配两名舞狮者,每条龙配九名舞龙者。他们的表演动作包括"双龙戏珠"、"狮龙相斗"、"狮龙闯海"、"狮龙比美"等。龙狮队演出时还要配以传统的"走马调"、"马腿"、"滚头子"等民乐。龙华龙狮队的表演深受徐汇群众的喜爱,在上海市的其他地区也颇有影响。

［四］ 民间歌谣

　　徐汇区的民间歌谣大多数产生于开埠以前，当时徐汇区大多数地域为乡村和农田，民众在劳动和生活之余，哼唱吟诵歌谣，最主要的目的就是娱乐。这些歌谣的内容与徐汇区民众的劳动生活息息相关。

　　徐汇区的乌泥泾是黄道婆的故乡，乡民们最早接受了先进的棉纺织技术。这种技术在很短的时间内也传播到了区境内的其他地方。从此，棉纺织就成为区境内民众的一种非常重要的经济生产活动。在这种生产活动中，民众创作了以《棉花歌》和《经布歌》为代表的民间歌谣。《棉花歌》按照时间顺序记录了棉花生产的全过程。从祭神占卜、购买肥料到下籽、脱花、拔草、摘棉，再到卖棉、轧棉、经布、织布等，棉业生产的每个环节都在歌谣中得到了反映。同时，歌谣还体现了农民劳作的辛苦和对丰收及幸福生活的渴望。《经布歌》同样也是一首劳动歌谣。它模拟了一位辛勤经布的妇女的口吻，用第一人称叙述了经布劳动的过程和其中的艰辛。"七日不梳头，八日不揩面"正是辛勤劳作的经布妇女的写照。除了劳动歌谣外，区境内还有一部分歌谣是与生活相关的。民众在日常生活中总结出了很多有益的经验，并将它们编为歌谣，时时吟唱。于是，歌谣同时也担负起传承生活经验的任务。同时歌谣还是民众生活的真实记录。比如《逢熟吃熟歌》就是一首记录了民间饮食习俗的歌谣。如农历二月，民间喜食鲜竹笋煎鸡蛋和豆腐皮裹蚌肉；清明前后，民间喜食韭菜炒鸡蛋和蒜苗烧鱼；到了农历四月，民间又喜欢吃酸酸的青梅和嫩嫩的草头。除了饮食习俗外，其他诸如建房等生活习俗在歌谣中也有表现。《上梁歌》就是其中的代表。《上梁歌》是一首在为新房上梁时吟唱的包括序歌和尾歌的完整的民歌，分领唱与合唱两部分。一方面，它记录了上梁的完整过程；另一方面，也表达了民间对于住房的重视和对由新房而开拓的新的美好生活的向往。下面介绍具有代表性的四首歌谣：

1. 棉花歌

　　正月初一大年朝，

神前占卜把香烧，

早花、中花、晚花哪样好？

先要心中记得牢。

二月棉花翻行头，

大户商量买"垩头"（注：肥料），

今春菜饼价目小，

合买一船驳到水桥头。

三月太阳暖烘烘，

泥拌花籽费人工，

好籽买得龙华种，

要望收成更加丰。

四月初头种早花，

早荒田地隔寒撬，

铁锴插来田刀铲，

完了还用六齿靶。

五月棉花六瓣头，

姑娘打扮望田头，

落仔几日几夜黄梅雨，

青草兴来透花头。

六月炎日如火烧，

棉花头上起乌焦，

但等三场两场好雨到，

花长一尺起横梢。

七月天气是立秋，

脱花完毕谢锄头，

有点工夫拔秋草，

老铃子拖到脚跟头。

八月棉花开旺潮，

中秋前后怕风潮，

捉（摘）花娘子每日捉一担，

背的背来挑的挑。

九月棉花像灯台，

忧煞天公落雨来，

但望晴天到月底，

梢头铃子一齐开。

十月棉花捉收场，

花包齐上踏包箱，

但等花农信息好，

卖脱棉花籴米来。

十一月里轧新花，

花衣弹碎就搓纱，

叔叔伯伯来经布，

廿五筒子当一车。

十二月里棉纱上布机，

织布娘娘手段比高低，

一年四季织好二十四个加长布，

合家大小做寒衣。

＞晒棉花，拣棉花

2. 经布歌

东出日头晒棉花，

筜里抖拌就轧花，

扫扫客堂弹棉花，

揩揩台子搓细纱。

朝经布，夜做浆，

明朝到，刷布场。

刷得光，上得坚，

黄杨梭子燕子飞，

四页综头上下动，

毛竹撑杖寸寸移。

七日不梳头，

八日不揩面。

> 经车

人人说我穷打扮，

我屋里清来实在难。

3. 逢熟吃熟歌

正月新年看打春，

种田人逢熟吃熟最开心，

年糕吃罢糖茶喝，

再吃荠菜圆子肉馄饨。

二月春风屋门前，

燕子低飞绕屋檐，

鲜竹笋煎蛋有滋味，

老蚌肉嵌进豆腐皮。

三月上坟做清明，

韭菜炒蛋香喷喷，

菜苋摘来腌咸菜，

蒜苗烧鱼留客人。

四月立夏好称人，

青梅酸来草头嫩，

家家户户新麦起，

求得风静吃麦焖（注：炒麦粉）。

五月端午吃枇杷，

新芦箬粽子角叉叉，

油煎黄豆好咽茶淘饭，

咸菜同烧豆瓣酥。

六月大热最难熬，

止渴吃点大麦茶，

黄浆塌饼吃到椎椎米（注：玉米），

黄金瓜吃完接西瓜。

七月杂巧用油煎，

腰菱近在宅河边，

场角头芦粟随手攀，

胜似青皮甘蔗一样甜。

八月中秋吃新姜，

囤里新米是香粳，

毛豆荚要配新米粥，

糖烧芋芳味更香。

九月西风捉蟹天，

蟹罩蟹籪接连连，

小蟹烧来自己吃，

大蟹要卖好价钿。

十月家家备寒衣，

园田里蔬菜日日稀，

唯有荠菜新上市，

烧顿咸酸饭味道鲜。

十一月里冷呼呼，

鲜菜吃到油塌棵，

大白菜要经浓霜打，

好做冰冻豆腐大暖锅。

十二月里谢家堂，

慈菇地栗小盆装，

合家团聚庆丰年，

祈求来年更兴旺。

4. 上梁歌

（1）序 歌

三月桃花开来梗枝青，

各位客官静静听，

闲人不能多开口，

金锭落地百太平。

（2）选正梁

青山处处出木头，

木头倒下头碰头。

出排师傅原经手，

木头撑到水桥头。

东家请小工拔木头，

木头拔仔一场头。

哪根木头做正梁？

张班鲁班来经手。

（选好的正梁经装饰后，抬放在客堂正中，并摆开香案烛台。

东家焚香礼拜。）

（3）祭 梁

请出东家酒一氅，

敬了天地再升梁；

敬酒不是凡人敬，

杜康起世敬阴阳。

新梁请出画堂前，

先请一对鲁班仙；

当中摆起状元台，

东厅西厅供八仙。

玉盘牙筷来取出，

猪头三牲出完全；

红烛双双映人脸，

香烟缭绕透青天。

（东家用酒浇梁，工头唱——）

浇梁浇到头，

放出青龙四海游；

浇梁浇到中，

一根正梁像金龙；

浇梁浇到梢，

子孙万代束金条。

（领）头杯美酒要敬天，

（齐）天赐财宝滚进来，

造好房子再买田。

（领）两杯美酒要敬地，

（齐）五谷丰收万万年。

（领）三杯美酒要敬鲁班仙，

（齐）太平无事万万年。

（4）上　梁

（领）两根金带荡飘飘，

请起正梁万丈高。

（爆竹声中，两根绳子吊起正梁。工匠捡砖包上红纸，称"枕梁元宝"，准备固定位置。）

（5）抛　梁

（两壁设梯，两人手托红盘，内放馒头、糕点，沿梯而上。梁上工匠接过红盘，将馒头、糕点抛下，地上铺着红毡毯。）

（领）东家请出满堂红，

子孙万代永兴隆。

脚踏金梯步步高，

手把栏杆采仙桃。

踏上金梯第一步,

（齐）一品当朝福寿多;

（领）踏上金梯第二步,

（齐）两朵金花世代富;

（领）踏上金梯第三步,

（齐）三元及第官来做;

（领）踏上金梯第四步,

（齐）四季平安子孙多;

（领）踏上金梯第五步,

（齐）五子登科名气大;

（领）踏上金梯第六步,

（齐）六条沙船洋里过;

（领）踏上金梯第七步,

（齐）七层宝塔钻云雾;

（领）踏上金梯第八步,

（齐）八仙过海唱山歌;

（领）踏上金梯第九步,

（齐）九龙抢珠金银多;

（领）踏上金梯第十步,

（齐）十国拜相高楼坐。

（领）抛梁抛到中,

（齐）东家兜着喜冲冲。

（领）抛梁抛到东,

（齐）东方日出满堂红。

（领）抛梁抛到南,

（齐）来了赤脚小刘海,

小刘海赤脚耍金钱,

金银元宝滚进来。

（领）抛梁抛到西,

（齐）一对凤凰共共飞,

东家碰着好八仙，

八位仙人来经过，

福禄长寿万万年。

（领）抛梁抛到北，

（齐）新造房子稳笃笃，

子孙万代享清福。

（领）今年造起高三楼，

来年造起十庭心。

出翘旗杆有两根，

隔河照壁画麒麟。

马鞍水桥对大门，

开口狮子左右分。

东安门相对西安门，

画堂后摆起吹鼓亭。

（6）尾　歌

抛梁要抛抢仙球，

下面黄狗抢馒头。

（梁上工匠连盘抛出，众人大笑。）

5．童　谣

一

黄婆婆，黄婆婆，

教我纱，教我布；

两只筒子两匹布。

二

小三子，

拉车子，

一拉拉到陆家嘴。

拾着一包香瓜子，

炒炒一锅子，

吃吃一肚子，

拆拆一裤子，

到黄浦江边解裤子，

拨拉红头阿三看见仔，

拖到巡捕行里罚角子。

三

山里有只庙，

庙里有只缸，

缸里有只碗，

碗里有只蛋，

蛋里有个小和尚，

嗯呀嗯呀要吃绿豆汤。

四

从前有只庙，

庙里有棵树，

树下有个老和尚，

老和尚对小和尚讲故事：

从前有只庙，

……

五

从前有座山，叫仔黄昆山；

山浪有条路，叫叽哩咕噜；

路边有只庙，叫莫名其妙；

庙里有只缸，叫四大金刚；

身浪有把剑，叫仔看勿见；

来了两个官，一只笔套管，一只痰盂罐。

六

山浪有只老虎，

老虎要吃人，

拿伊关勒笼子里。

笼子坏脱，

老虎逃脱，

逃到南京，逃到北京，

买包糖精，

摆勒水里浸一浸，

密西密西拉胡琴。

七

一歇哭，一歇笑，

两只眼睛开大炮。

一开开到城隍庙，

城隍老爷哈哈笑。

八

赖学精，白相精，

书包掼勒屋头顶，

看见先生难为情！

九

叫伊淘淘米，一歇揿脱饭箩底；

叫伊挑挑水，驳起屁股摸螺蛳；

叫伊拔拔葱，登勒田里竖烟囱；

叫伊纺纺纱，锭子头上开朵花；

叫伊绣绣鞋，好像鸡脚乱拉拉；

叫伊织织布，布机潭里撒堆污；

叫伊兜兜火，东家白话西家坐；

叫伊捉捉花，偷仔隔壁田里瓜。

十

正月里向踢毽子，

二月里向放鹞子，

三月里向荠菜子，

四月里向落花子，

五月端午裹粽子，

六月里向拍蚊子，

＞上海小学老校舍

七月棉花结铃子，

八月里向吐瓜子，

九月里收葵花子，

十月里向造房子，

十一月里切栗子，

十二月里养个大胖小儿子。

　　　十一

三三三，

山浪有个木头人，

不许哭来不许笑，

还有一个不许动。

（有人动了，打手心）

本来要打千千万万记，

现在辰光来不及，

马马虎虎打十记，

一二三……

　　　十二

弟弟疲倦了，眼睛小；

眼睛小，要睡觉。

妈妈坐在摇篮边，把摇篮摇。

盘盘我的小宝宝，安安稳稳睡一觉。

今天睡得好，明天起得早，花园里去采葡萄。

十三

同志们——捉牢伊——，

投机倒把贩卖洋山芋。

同志们——捉牢伊——，

投机倒把贩卖癞蛤蟆。

十四

栀子花，白兰花，

两分洋钿买一朵。

十五

金锁、银锁，咯勒勒勒勒一锁，

老虎脚爪超过，嘀呤呤呤，把侬关进。

十六

大头大头，下雨不愁，

冷噶有伞，无有大头。

十七

神经病　有毛病，

吃了棒冰冷冰冰。

阿拉讲伊有毛病，

他说自己冷冰冰。

十八

东洋人，

到上海，

上海闲话讲勿来，

米西米西炒咸菜。

十九

笃笃笃，卖糖粥，

三斤胡桃四斤壳，

>上海小学新校舍

吃侬肉，还侬壳，

张家老伯伯，

问侬讨只小花狗。

　　二十

侬姓啥？我姓王。

啥咯王？草头王。

啥咯草？青草。

啥咯青？碧绿青。

啥咯碧？毛笔。

啥咯毛？三毛。

啥咯三？高山。

啥咯高？年糕。

啥咯年？１９××年

呢姆妈养了一只小痢痢。

　　二十一

落雨啰，打烊啰，小八腊子开会啰，公共汽车打弯了，

警察叔叔回去了。

二十二

小弟弟，小妹妹跑开点，

敲坏玻璃老价钿。

二十三

新剃头，打三记，

勿打三记触霉头。

二十四

洋枪打老虎，

老虎吃小囡，

小囡捉蜜蜂，

蜜蜂叮痢痢，

痢痢扳洋枪。

［五］民间故事

徐汇地区的历史最早可以追溯到三国时期。在漫长的历史进程中，产生了数量众多的民间传说故事。民间传说故事是民间的价值观念、民众向往美好生活的愿望及民众生产生活经验的载体。民间传说故事具有教育、娱乐的功能，民间故事的流传是民间最生动的教育方式，也是最常见的娱乐方式。

1. 康僧与广泽龙王

龙华荡在上海县城的西南方向，距县城大约十八里，现在发展为龙华镇了。这里原来是当地护法神广泽龙王的居所。康僧云游到这个地方，找到了广泽龙王的宫殿。于是他用法力招来龙王，向它讨要这块地方。龙王知道自己的法力有限，不是康僧的对手，就答应了他的要求。但龙王不甘心，他问道："从此以后，法师有了居住的地方，但我就没有家了，怎么办？"康僧回答说："我会将居所还给你，但是你必须做我的护法神。"龙王答应了。于是，康僧选定了地址，并修建了佛寺。过去的广泽龙王就是现在龙华寺的护法神。一间屋子几根椽子就是龙王的栖身之所，这仍然是秉承了康僧的遗教。龙华荡这个地方确实是祖师的教庭、佛法的洞天、长老的福地。这里的树林、水塘、沼泽浑然融为一体，是一块灵异宝地。

2. 万历皇帝钦定寺名

明代万历三十年的时候，大椿果公到北京请大藏经，潘云龙率领部下保护他。朝廷特别命令中官赵永保护依皇命发放的白银三百两，这些钱是保存大藏经的经费。这时谕旨虽然下达了，但把大藏经供奉在哪里，没有专门安排。奏疏中列出全部的寺名，进呈给皇上。皇上夜里梦到了角上插着花的龙从宫殿前飞过，早上批阅章奏时，看到有龙华的名字。皇上的心情非常喜悦，因此龙华寺得到了皇帝的批点。于是供奉大藏经的寺庙就确定了。奏疏中，龙华寺所请求的寺名匾额本来是"万寿慈华禅寺"，皇上批写时特意加上"大兴国"三字在所请求的寺名前，因此确定匾额为"大兴国万寿慈华禅寺"，龙华寺成为我国佛教名刹。

>20世纪30年代的龙华庙会

3. 有灵性的寺钟

明代嘉靖年间，有一个虔诚信佛的女人到龙华寺里烧香。她到钟楼下瞻仰叩拜的时候，命令小仆人上钟楼去撞钟。突然，大钟掉落下来，小仆人也随之摔倒地上，但他的四肢都完好无损。女人也毫发无伤，因为那口大钟所压到的，不过是她的裙子罢了。这真是一口有灵性的寺钟。

4. 异人偷鱼

相传龙华塔上有一个铁制的盘，体积非常大。铁盘中曾经有一条鱼，它自由地在盘中翻腾跳跃，即使是天大旱的时候，盘里的水也不会干涸。元代至顺年间，有一个奇怪的人到龙华寺中借盘。寺里的僧人嘲笑他，并漫不经心地回答道："如果你能举起它来，就借给你。"这天半夜，此人挟带着风雨把铁盘卷走了。也有人说铁盘自己移动到泖塔上了。

5. 鲁班造龙华塔

在上海市西南有个龙华镇，镇上有座古朴雄伟的宝塔，宝塔七层，塔檐角上挂着响铃，大风吹来叮当作响，这就是龙华舍利塔，习惯叫龙华塔。这座佛塔是什么人在什么时候建造的呢？

相传三国的时候，孙权的母亲吴国太吃斋信佛，常常布施寺庙。在赤乌年间，吴国太见龙华古刹近水临街，十里桃花。她想，在这圣地上盖一座佛塔，供上佛骨，岂不是一大善事吗？就命她的随从筹材备料。经过几个月的筹划，材料准备停当。可是，这么大的工程由谁来带头建造呢？过了几个月，谁也不敢来揭榜。吴国太日夜不安。有一天，突然来了个高大粗壮、身背工具的人，揭了榜文求见吴国太，说他愿意领工建造宝塔。国太喜出望外，马上命令众人好生照顾师傅，择期动工，并令她的总管负责监造，遇事禀报。于是，选了黄道吉日，焚香斋戒，破土动工。工地上，监工随从出出进进，民工们忙忙碌碌，好不热闹。可是这位师傅却不慌不忙，看看量量，量量看看。时间不等人，转眼过去了十天。随从们将此事禀报国太，她叫总管好好地给师傅说说，叫他早早地动手造塔。总管将国太的意思告诉了师傅，师傅当即叫人扛木头的扛木头，搬砖瓦的搬砖瓦。可是，自己却一个人靠在墙角下晒太阳，闭目养神，天天如此。这样，又过了十天，总管又催他快快动手。这位师傅听完总管的话，一生不响地磨他的刨子去了，磨好了刨子又锉他的锯，锉好锯又磨他的斧头。没日没夜地磨呀，锉呀，天天忙忙碌碌地就干这些事。到了第七天一早，总管再也熬不住了，气呼呼地对师傅讲："你不是磨就是锉，为什么就是不造塔？国太命你即刻动工。"师傅讲："你说我慢呀，好吧，今天就好。"到了晚上，他一边收拾工具，一边说："本来我打算造十三级的，你们说我慢，那就算了吧。"他的话没人理会。到了第二天早晨，大家起床一看，只见一座壮丽雄伟的七级宝塔，已经矗立在寺院的前面了。大家都惊呆了！立即禀报吴国太，国太听了不信，昨天来报还没动手造塔，今天怎么会造好呢？亲自来看，一看之下，又惊又喜，传令重金赏赐。可是，总管随从们找遍了每个角落，就是不见那位师傅的影踪。

后来人们传说，那位造塔的师傅，原来就是鲁班！

6. 康僧会

康僧会是中国佛教史上一个很特殊的人物。汉末三国时期，一些外国僧人、居士从陆路或海路来到中国译经传教，在这些外来僧人中，对孙吴佛教发展影响最大的是康僧会。康僧会，原籍康居（康居，古西域一城国，地址约在今巴尔喀什湖和咸海之间），世代居住在天竺。后来，他的父亲因为经商而举家迁到交趾（越南北部）。在康僧会十多岁的时候，他的父母去世了。服丧期满，他就出家了，法号僧会。康僧会振作精神，严格要求自己，专心一意钻研学问，在佛经、天文、谶纬等多方面都有所涉猎。他曾拜南阳韩林、颍川皮业、会稽陈慧三人为师，学习佛经。同时他也博览六经，深明中国儒家思想文化的精髓。他仪表威严刚正，以云游四方度化众生为己任。孙权称制时的江东，佛教虽然通过安世高、支谦等僧人的译经活动传到了江南，但并未在民间流传。康僧会想在佛法还没有普及的地方宣扬佛法，开化教导江南的百姓。于是，他拿着锡杖向东方云游。

四年后，佛法传到了建康（今南京）。康僧会在那里用茅草盖了屋子，在屋子里立起了菩萨的塑像，开始传播佛教。佛教传入江南时，只是在少数官僚皇室贵族上层人士中流传，加之经文又是从梵文翻译过来的，文字深奥，极不好懂。现在康僧会要建塔寺，自然引起人们种种猜测。甚至有人将此事上奏给吴主孙权。孙权问："这是汉明帝曾梦到的佛教遗留下来的影响吗？"于是孙权宣见康僧会。康僧会进见说："从如来坐化成佛到现在，转眼间已经跨越几千年了。但是佛祖的灵骨舍利却依然非常灵异。昔日，阿育王为了供奉佛祖舍利修建了八万四千座塔。这就是佛法弘化的结果。"孙权认为康僧会说话夸张，就说："如果你能求得到舍利，我一定修建塔供奉它。如果不能获得舍利，就按照我们国家的法律处置你。"康僧会答应了孙权的条件，并请求了七天的期限。康僧会将铜瓶放在案几上，燃香祈祷。到了最后一天傍晚，铜瓶突然有了动静。康僧会去看，果然得到了舍利。第二天，康僧会将舍利呈现给孙权，铜瓶中发射出五色光芒。孙权亲自拿着瓶子，想将里面的舍利倒出来。舍利从瓶中掉出来，将接在下面的铜盘都打碎了。孙权肃然起敬。康僧会求得的是佛牙舍利。孙权为了供奉佛牙舍利修建了佛塔和寺庙。孙吴时期，佛教传播的范围还很小，于是，康僧会用佛骨舍利来感化百姓，开始在吴国的都城建立佛教寺庙，在江南地区传布佛法。因此，康僧会对江南一带佛教的传播起过重要的作用。

康僧会在赤乌十年（247）到达建业，一直到东吴天纪四年（280）离世，先后在建业译经传教达三十三年。他虽译经不多，只有二部十四卷，即《吴品》五卷、《六度集经》九卷，但在他所翻译的佛教经典中，既反映出他对佛教信仰虔诚、态度严肃，又能看出他受儒家思想文化熏陶很深，热心救苦救难，他是中国佛教史上一个很特殊的人物。由他倡导而建造的龙华塔和龙华寺是沪上佛寺佛塔之祖，康僧会对上海佛教的发展做出了开拓性的贡献。

7. 黄道婆

黄道婆是我国杰出的棉纺织革新家。黄道婆生于南宋末年，原籍松江府乌泥泾镇（即现在的徐汇区华泾镇）。年轻时，黄道婆流落到崖州（即今天的海南岛南部），在那里生活了二十多年才返回乌泥泾。元明之际的王逢在《梧溪集》记载："黄道婆，松江乌泥泾人。少沦落崖州，元贞间，始遇海以归。"民间流传着很多黄道婆的传说。

相传，在乌泥泾一个村民家，有位童养媳，姓黄名道囡，是其公公在村道旁捡来的，因公公姓黄，便给她起名叫黄道囡，她便是后来著名的黄道婆。一日，黄道婆的公公外出打渔。就在那天夜晚，黄道婆在家中忽然做起梦来，梦见自己在大海中将翻船落海的公公双手托着救到岸边，使公公转危为安。醒来后，她便将此事说给婆婆听，不料婆婆一听勃然大怒，掴了她一记耳光，骂道："你胆敢触公公的霉头，该打！"第二天，公公黄老伯衣衫褴褛地归家来，没等歇息，便来到黄道婆面前，朝她跪地一拜，拱手致谢道："媳妇啊，幸亏你昨夜在海中将我救起，不然，我命休矣！"此时，站在一边的婆婆才知媳妇黄道婆神力救公公，便转怒为喜，向她致歉道："对不起，我错怪你了！"黄道婆回答："没关系，救公公是应该的，常言道'知恩图报'，没有公公路边捡我之恩，哪有我的今天啊！"

关于她如何流落到海南，有一个民间传说。传说认为，黄道婆十二三岁时，为生活所迫，成为童养媳。她受到了丈夫家人的压迫剥削，生活得很痛苦。有一次，因为劳累过度而影响了干活，公婆就将她毒打一顿，锁在柴房里，不给她饭吃。黄道婆决心脱离这种非人的环境，就在房顶上掏了一个洞，逃上了停靠在黄浦江上的一艘帆船，随着船到了海南岛南端的崖州。

> 黄道婆在古崖州（今海南省）受到广泛的尊重，图为在海南省植物园内的黄道婆塑像

海南岛物产丰富，当时已大面积种植木棉。崖州人民的木棉纺织有着悠久的历史。黄道婆在这里学习到了先进的棉纺织技术。二十多年后，她思乡心切，就在元成宗元贞年间（1295-1297），踏上了北归的路途。黄道婆的故乡乌泥泾镇是个土地贫瘠而濒海，只适合种豆麦

的地方。每逢水旱灾，那里就变成不毛之地。于是，那里的百姓就谋划着种植木棉，纺棉织布，但他们采用的技术还很落后。黄道婆返回乌泥泾后，决定致力于改革家乡落后的棉纺织技术，把从海南带回来的先进技术传授给家乡父老。在黄道婆的努力推广下，乌泥泾靠棉纺织业为生的家庭激增，历来土地贫瘠、生活不能自给的乌泥泾成了富庶的地方。当时，包括上海、青浦和华亭三县的松江一带，一时弹弓铮铮，布机轧轧，逐渐成为全国的棉纺织中心。明正德年间（1507—1521），松江府每天生产棉布达上万匹，远销各地，从此，内地人民的衣着逐渐以棉布代替了丝麻，棉纺织业迅速在全国发展起来。

黄道婆死后，乌泥泾百姓感激她的恩德，为她立起了祠堂，称黄母祠，又称先棉祠，俗称黄婆庙。

8．徐光启

徐光启是明末著名的科学家，生于1562年，是我国引进西方近代科学技术的先驱之一，也是徐家汇甚至整个上海的开拓者。关于徐光启，在民间有很多传说。

传说徐光启幼年时十分顽皮。有一天，上海道台乘坐官府八人大轿威风凛凛到法华乡去察访，路过徐家汇。这时徐光启站到马路中间，双手一伸拦住大轿。道台听说有人拦轿，一看是个留辫子的孩子，再看看他那张面孔，既聪明又机灵。于是，道台脸上的怒气顿时消失，亲切地问他姓啥叫啥？家住哪里？徐光启从容不迫地一一作了回答。原来他的父亲在徐家汇开了一爿豆腐店，徐光启的爷娘听说儿子将道台的大轿拦了，好似晴天霹雳，这下一定是闯下大祸了，心里十分焦急不安。这时，上面真的一道公文下来，叫把小孩马上送到衙门。徐光启的爷娘吓得不知如何是好，只好让儿子去。道台看到徐光启，十分亲热地与他交谈起来。以后，徐光启就做了他的继子。从此，道台开始教他读书。过了几天，他回去看望爷娘时，把道台认他做过房儿子的事一五一十告诉了爷娘，这才使他们放下心来，并且叮嘱儿子今后用功读书。后来徐光启在道台的关怀下，发奋读书，从科举考试得中进入朝廷，以后步步晋升做到了阁老，这是后话。

传说光启年龄虽小，但却十分喜爱读书，每天总是第一个到学堂。上课的时候，十分专心。老师讲的每一句，他都能记在心里，记不牢就写在笔记簿上，他上课从来不分心，也不做小动作。老师提问时，他总是第一个举手，他的回答总能赢得老师的称赞。放学回家以后，徐光启就赶快认真地做功课。由于光启读书勤奋，再加上天资聪明，所以学业异常优秀。老师看在眼里，喜在心里，非常器重他。等到光启长到该成家的年龄时，老师便向光启的父母提亲说："我的女儿虽然相貌平常点，但她的人品、德行都是很好的，打算许配给光启好吗？"光启的父母十分敬重老师，就答应了这桩婚事。结婚后，妻子起早摸黑，纺纱织布，下田耕种，养鸡管鸭，样样能干。她待公婆十分孝敬，对待丈夫又很敬重，一家人和睦相处。徐光启在外面做事更安心了，以至于事业兴旺，步步升官，一家就此更加兴旺发达起来了。

徐光启有个非常要好的朋友，就是龙华庙里的老方丈。他们经常在一起下棋喝茶，谈天说地。有一天，徐光启又到龙华庙去看望老方丈，他两脚还未跨进门槛时，肩胛上被人拍了一下："今天你来得去不得了。"徐光启一呆，那人自己介绍说，他是庙里的和尚，并说："你私闯方丈内室，这是违反佛门规矩的，不管是谁，都要受惩罚。"徐光启连连解释："我与你们的老方丈是要好的老朋友呀！"那和尚拦住徐光启说："老方丈云游四方，不到一年半年不会回来的。"于是徐光启只有任那和尚惩罚了。原来这个和尚是个外乡人，又是一个游手好闲的懒汉。经常钻进寺庙里向烧饭的和尚讨饭吃。后来，他索性剃了个光头，要求到庙里去做和尚。起初庙里没有收他，他就设法赖在庙里不走，帮助厨房里做起杂差，而且做得很勤恳。这样，他就被留了下来。可不久，他的旧病复发了，做出了违反佛门教规及其他不端之事，于是，被老方丈逐出庙门。那和尚对老方丈怀恨在心，要寻机报复。这天，他知道老方丈出外，便又闯进庙来。他得知徐光启与老方丈非常要好，便心生一计：以寺庙的名义，将徐光启予以严厉惩罚，从而来毁坏寺庙及佛教声誉，以解心头之恨。一天、两天、三天……徐光启被关在龙华古塔里饿得头昏眼花，到了第四第五天，他饿得快要昏过去了。这时候，他心里在想：与其我被关在这里饿死，不如爬到古

＞徐光启及其夫人的画像

塔顶上，闭上两眼，纵身往下一跳，死了了事。世界上的巧事真多，徐光启从塔上跳下来，正好塔边有条河，河上有条稻草船行过来，徐光启跳下来正好跳在稻草船上，他被船上的人搭救了。

徐光启在龙华庙无故受惩罚这件事，后来当然弄清楚了。那老方丈回来知道这事后，曾差小僧送信向徐光启致歉。那个歹和尚，在徐光启事件发生后逃跑了。传说在一个漆黑的夜晚，他喝饱老酒，醉得跌进河里淹死了。

徐光启年老的时候，皇帝听信谗言要杀他，于是下令官差抓人，还说抓不到活人，死的也要。徐光启受到百姓爱戴，百姓得讯后心急如焚，商量应急办法。此时，徐光启已死。就在官差追到上海的当天，从南市到徐家汇一夜间出现七十二只徐光启墓。官差四处打听，老百姓都说前几日，出丧棺材确实有七十二只，而且只只一模一样。送葬的和尚道士尼姑和念经的吹吹打打的，队伍也有七十二支，到底哪只墓是真的，谁也不知道。于是官差开始掘墓。结果，掘了一只是空的，掘二只、三只、五只还是空的。朝廷下旨要把七十二只墓全部掘掉。结果老百姓设法把徐光启的棺材迁移到已掘过的墓里。官差掘了七十二只墓，只只是空的，只得叹息回京秉报，朝廷也无可奈何。而徐光启的墓就葬在徐家汇，即现在的光启公园内。坟山前有几排石人石马，

> 徐光启墓

还有石狮子。传说每到天亮前五更时分，只只都活起来，又叫又吼，
人强马壮，拥戴着徐阁老……

风俗民谚

捌

民间谚语是民众对生产生活经验的富有哲理性、思辨性的简练总结。谚语形式短小，有的押韵，讲究对称，一般用歌谣的形式表达。从内容上来看，徐汇区流传的谚语，既有对农业生产经验的总结，也有对时令气候变化的总结，更有对社会人情世态的反映和颇具哲理性的思辨。这些谚语深受广大民众喜爱，世代流传，并不断被丰富，当然也存在一定的时代局限。

［一］ 生产类

正月廿，日头焰一焰，棉花捉（收）三担。
（注：农历正月二十，难得晴天。）
但愿立春晴一日，农夫不用力耕田。
三月清明麦不秀，二月清明麦秀齐。
小暑一声雷，翻转做黄梅。

> 旧时的茶壶桶和油布伞

大暑开黄花（棉），四十五天捉白花。

小暑发棵（指稻），大暑发粗，白露白猕猕，秋分稻秀齐，寒露呒青稻，霜降一齐倒，稻到立冬影迹无踪。

（注：双季稻与此无关。）

六月风潮（热带风暴），无价之宝，七月风潮，还好还好，八月风潮，铲起黄稻。

六月不热，五谷不结；小满不满，黄梅不管。

燕子到，话落秧；乌鸦到，稻上场。

头时花，二时豆，三时种赤豆。

（注：夏至后3天为头时，以后5天为二时，再后7天为三时，共15天，称为"时里"。）

一寸麦不怕一尺水，一尺麦怕一寸水。

桃花落在烂泥里，打麦打在蓬尘里。

人老一年，瓜熟一夜，麦黄过顶（座）桥。

［二］生活类

读书人识不尽字，种田人识不尽草。

不怕凶，独怕穷，除死无大难，告化（乞丐）不再穷。

世上无难事，独怕老面皮。

千错万错，来人勿错。

买屋要看梁，娶媳要看娘。

种早不慌，起早不忙。

同胞合母看娘面，千朵桃花一树生。

路狭无君子，常病无孝子。

未曾吃饭终算早，未曾娶亲终算小。

江南望见江北好，癞痢头认为生疮好。

> 旧时的提篮和鱼篓

开场聚赌，犹如杀人放火。

有事圆里方（钱），百事好相商。

只有懒人无懒地，只有烂豆无烂油。

只要记，勿要气。

捉着鳗鲤葱管细，逃走鳗鲤臂膊粗。

见是大佛答答拜，掮是小佛沿街卖。

廿年媳妇廿年婆，再过廿年做太婆。

宁愿独偷一只狗，不愿合偷一头牛。

出檐椽子头先烂。

不做中人不做保，一生一世不烦恼。

[三] 气象类

春雾（不散即雨）日头夏雾热，秋雾凉风冬雾雪。

未到惊蛰闻雷声，四十五天暗天门。

冷惊蛰，暖春分。

二（月）八（月）两中平，月半十六两头红。

春东风，雨祖宗；夏东风，干松松。

惊蛰闻雷未足奇，春分无雨病人稀。

上元无雨多春草，清明无雨少黄梅，夏至无雨三伏热，重阳无雨看十三，十三无雨一冬晴。

端午落雨还好熬，端六落雨烂脱瓦。

六月初三排一阵，七十二个连环阵。

夏雨北风生，乌鸦湿半翅。

（注：夏雷阵雨，风向大多偏北；夏雨地域性极强，飞鸦仅湿半翅。）

一场秋雨一场寒，十场秋雨穿棉衣。

干净冬至邋遢年。

廿七廿八落仔交月雨，初二初三不肯晴。

乌云接日头，夜半雨稠稠。

初三夜里月亮，有搭吭没一样。

鸟窠做得高，大雨来得早；鸟窠做得低，大风要来到。

猫狗换毛早，今年寒潮来得早。

＞早年的徐家汇天文台

社区文化

[玖]

徐汇区的社区文化活动红红火火、蓬蓬勃勃。社区群众自发组织、自主管理的戏剧、音乐、舞蹈、美术、曲艺、体育、收藏等文化团队有一千二百多个，人数达三万多人。每逢节假日开展形式多样、内容丰富的各类文化活动，吸引数十万群众参与。其中既有大型广场文化盛典，也有街道里弄的小型活动。

［一］ 徐家汇广场文化

徐汇区境内的徐汇广场文化，是上海市发展得较为成熟的城市广场文化。徐家汇地区是一个集居住、商业、商务和公共活动中心为一体的综合型社区，这里有徐家汇公园广场、徐光启公园广场、弘基休闲广场、上海体育场（俗称八万人体育场）广场、港汇广场、六百广场、太平洋广场、美罗城广场、汇金广场、东方商厦广场、太平洋数码城广场等等，这些广场除了举办商业活动并带来巨大的经济效益之外，还是群众休闲娱乐以及群体性社区活动的场所。一些国内外专业的或民间的艺术团体经常来这里表演节目或展示作品。如为了纪念安

＞徐汇区社区文化艺术节上的精彩表演

> 社区文化艺术节上群众乐队正在演奏

徒生诞生200周年而举行的国际儿童戏剧展演活动，来自保加利亚的儿童戏剧团和上海中国福利会儿童艺术剧院在弘基休闲广场为徐汇区居民演出了中外优秀小品节目。在这些广场上，经常会举办各种群众性的自娱自乐活动，包括民乐演出、时装表演、戏曲演唱、舞蹈表演等活动。这些活动对丰富社区民众的文化生活和推动地区和谐社会的建设，起到了积极作用。这些活动已经逐渐形成了风格鲜明、种类繁多的徐汇广场文化。

——徐家汇公园广场：位于徐家汇公园内百代唱片公司小红楼南面，定位为大众音乐展演和欣赏区，主打品牌是"星期音乐会"，已经先后举行过多次。2004年9月，该广场还被评为"全国特色文化广场"。

——港汇文化广场：位于徐家汇港汇广场前，是社区群众文化活动的重要场所之一，定位为大型群众性广场文化活动。全年各类大型文化活动、商业宣传活动、时尚展示活动不断。先后举办徐汇区历届社区文化艺术节的开幕式等大型活动，成为社区群众感受艺术熏陶的重要场所。

——"六百"戏剧广场：由著名戏剧家曹禺题词，定位以戏剧为特色的广场娱乐文化。这里上演过百场广场音乐会和戏剧专场演出，对弘扬传统戏剧文化，满足社区居民对传统戏剧的欣赏需求发挥了积极作用。

——徐家汇艺术广场：由著名画家程十发题词，定位为绘画艺术展示。这里先后举办过数十场美术展，上海中国画院、徐悲鸿研究会及诸多画家都参与过展出。2005年徐家汇艺术广场推出双周书画活动，力图把画家精品引入广场，把学生美术课堂搬入广场，使艺术广场成为书画爱好者艺术交流的场所，绘画、写生的基地，欣赏、休闲、陶冶情操的乐园。

——时尚商业广场：由东方商厦广场、太平洋数码城广场、美罗广场和汇金广场等商业广场共同组成，定位为科普教育和时尚文化展示。每逢节假日，广场上举办商品展示、时装表演等活动，成为展示文化与时尚、经济与科技发展的大舞台。

［二］社区艺术团队

> 枫林街道的民间荡湖船表演

1. 吕氏家庭乐团

斜土社区的吕氏家庭乐团，是由吕家三代共15人组成的家庭业余文艺演出团队，以口琴、手风琴、电子琴、钢琴、打击乐器等为主要演奏乐器。他们的演奏曲目包括《茉莉花》、《喜洋洋》、《马刀舞》、《西班牙斗牛舞》等传统曲目和世界名曲。改革开放后，吕氏家人开始筹建家庭乐团，并自己排练节目，把欢乐带给街坊邻居。建团十多年来，他们利用业余时间为社区居民和有关单位演出了一百多场节目。他们所演奏的《马刀舞》和《苗岭的早晨》在第三届亚太地区国际口琴节中荣获优秀奖，所创作的手风琴合奏《雷锋主题随想曲》获得了徐汇区首届学生艺术节创作曲目一等奖，《绕线女工之歌》获得了上海市群众文艺汇演优秀创作奖，并荣获上海市退休职工"香港回归文艺汇演"优秀演出奖等奖项。

2. 田林社区红枫艺术团

田林社区红枫艺术团下设折纸艺术队、外国民歌演唱队、京剧队、越剧队、沪剧队、时装表演队、舞蹈队、腰鼓队、摄影沙龙、红枫画苑等12支团队，现有队员五百多名。艺术团为丰富群众精神文化生活、繁荣社区文化活动做出了积极贡献。

(1) 百人腰鼓队

田林百人腰鼓队是田林社区退休教师邱根发、姜梅宝夫妇于1999年发起创建的。由31个居委会的一百五十多名中老年人组成。是一支颇具活力的群文团队，他们以科学健身、老有所学、老有所乐为目的开展活动，深受当地群众的喜爱。

邱根发、姜梅宝摸索出深受中老年人喜欢的花式腰鼓。这些腰鼓适合于在舞台、广场、路边等场合演出。为方便群众学习，腰鼓队的每套套路都用通俗的成语来命名。通过八年实践，腰鼓队已形成流派，俗称"邱派腰鼓"。不仅在区里，而且市里也小有名气。如在十六铺码头、虹桥机场、南京路步行街、城隍庙九曲桥、东方明珠等地方都留下了他们演出的足迹。

(2) 红枫画苑

田林红枫画苑成立于1996年，上海戏剧学院教授金家驹老师主动担任老人们的指导老师。在他的精心辅导下，学员们以瓷盘为媒介，钻研瓷盘画的绘画艺术。在练习做画时，金老师想出了节约成本的方

> 红枫艺术团百人腰鼓队在表演

法：让大家在瓷盘上画，画错了就擦掉修改，画好了就放到自制的炉窑去烧。学员们还到绍兴、周庄等地采风、学习。十年来红枫画院的瓷盘画艺术作品已形成自己的风格和特色。他们的作品内容多以花鸟鱼虫为主，线条简洁、形象生动。红枫画苑学员们的瓷盘画作品还多次作为街道的群文工作成果参加市、区级展示，并作为礼品赠送给前来参观的外国友人和各界人士。

3. 康健社区艺术团

康健街道61个居民小区根据市民各自特长和爱好，组织了民乐、舞蹈、时装、唱歌、戏曲等各种形式的文艺团队，截止到2005年8月底，群众文艺团队已经发展到283支。在此基础上，于2005年9月29日创建了康健社区艺术团。

康健社区艺术团设民族乐队、时装表演队、合唱队、舞蹈队、京剧队、国际舞队、越剧队、沪剧队、桂林皮影戏队、新声国乐（江南丝竹）队等11个团队。至2007年6月，先后演出了29场，观众达八千余人次。还成功地参与组织策划"迎新春双拥文艺汇演"、"唱响行业之歌，展示徐汇风采暨徐汇区第八届文化艺术节开幕式"、"康健社区歌咏比赛"、"五月歌会"、"纪念红军长征胜利七十周年文艺演出"等区级和街道级的大型文化艺术活动。

> 康健社区艺术团表演的舞蹈

[三] 民间收藏

1. 徽章、奖章收藏

吴宝山是一位收藏爱好者。早年参军，曾多次获得军功章和体育比赛的奖章。由于奖章数量的增多，促发了收集奖章的兴趣。1979年

> 吴宝山与他收藏的奖章

以后，他开始收集中国人民解放军和中国人民志愿军的各种纪念章、勋章、军功章、大中小学校的校徽，各个时期的劳动模范勋章和体育奖状等。目前他的藏品包括：各种奖章41枚，运动员奖状15幅，院校校徽53枚及清朝十二皇帝纪念币等。其中不乏一些很珍贵的藏品。吴宝山认为，收藏能给人生带来无限的奇情妙趣，真正做到老有所乐、自得其乐、自寻其乐。

2．中外旅游门券收藏

郭郊文自幼随父外出，培养了对旅游的浓厚兴趣，他曾立下誓言要走遍世界各地。20世纪70年代以后，他常和友人结伴外出旅游，几乎游历了半个中国，同时还收藏了不少旅游门券。三十年来，郭郊文收藏了来自六十多个国家和地区的旅游门券共五万余枚。其中不乏一些珍贵的藏品。这些珍品中有外滩公园、半淞园公园、胶州公园、汇山公园、哈同公园等公园的年票，跑马厅、跑狗厅的老门券等。而一套1935年上海市博物馆开馆门券更是海内孤品。郭郊文所收藏的旅游门券自1990年来连续十次参加全国旅游门券大展，并屡屡获奖。1991年和2005年，他分别在沪西工人文化宫和徐汇区文化艺术中心举办了个人旅游门券展览。

3．瓷器收藏

张山根老先生喜爱陶瓷制品的收藏，他的居室中遍布着宋代的酒壶、明清的瓷瓶及玉器、象牙等。他的藏品中最珍贵的是三国时的瓷

> 张山根收藏的古石器

片和汉代的瓷器及象牙制品。张山根老人认为：抢救和收藏这些东西，就是保存我们的历史和文化，是功德无量的事情。2002年华泾小区还特别为张山根老人举办过个人收藏展。

4．红楼艺术品收藏

张道华从学生时代起就喜欢收藏。他的藏品种类繁多，如邮票、像章、年历片、火花、烟标、门券、影剧说明书等。1994年，他萌发了将藏品中与《红楼梦》相关的物品，组建成"红楼艺术收藏专题"的想法，随后"家庭红楼艺术收藏馆"便诞生了。为了收集与《红楼梦》相关的物品，张道华倾注了大量的精力和财力。如，为了收集到一套"金陵十二钗"的泥人，他在半年中三访无锡。在上海收藏文化

> 民间收藏的红楼人物图案火柴盒

研究所和梅陇文化馆同仁们的帮助支持下，张道华的"红楼艺术收藏馆"有了较大的发展。现在，张道华共收集到二十多种材质的《红楼梦》相关物品，内容包括邮品、火花、烟标、酒标、年历片、门券、磁卡、站台票、剪纸、绣品、文房四宝、章、印、梳等，约一万件。其中，最早的是清光绪年间的，民国时期的藏品也有不少。

5．算盘收藏

陈宝定是全国十大收藏家之一，他的藏品以算盘为主。陈宝定收藏算盘已有五十余年，收集到的算盘约八百余种。藏品包括：圆形八卦算盘，方形游珠算盘，4米长160档的柜台算盘，半个手指甲大的

> 陈宝定与其收藏的算盘

用针来拨打的7档吉祥算盘，唱片算盘，水晶、玛瑙算盘，金、银、象牙材质的微型算盘，春秋战国时的"结绳计算"件，明末清初的象牙、陶瓷珠、银质戒指算盘，1档到13档系列算盘等。在他的藏品中，除了中国算盘外，还有日本、苏联、朝鲜、印度、美国、德国等14个国家和地区制造的算盘。在上海市工人文化宫举办的第一届"八小时以外业余生活集锦展览会"上，展出了陈宝定收藏的古今中外算盘450种，图尺150种，被称为藏界一绝。

6. 商标收藏

左旭初从小喜欢收藏商标，后又因工作关系，接触到了很多商标史料，为他的商标收藏奠定了一定的基础。左旭初的经典藏品包括：清末政府商标法规，商标图样实物，北洋政府商标备案资料，农商部商标局批文，国民政府的《全国注册局商标注册证》、《商标局商标注册证》、《商标汇编》、《商标公报》，汪伪政府的《商标公报》、《商标审定书》，华北人民政府、陕甘宁边区政府的《商标公报》和商标法规等。这些藏品大都是左旭初在二十多年间，从全国各地旧书市场、旧

> 左旭初商标博物馆藏品

货市场、收藏品市场等买来的，也有与藏友交换得来的。1999年11月5日左旭初商标博物馆成立。它是上海市屈指可数的商标史料保存点之一，也是目前我国唯一一家展览我国现代商标史料的博物馆。该馆从成立以来，已免费接待参观和查询资料的人员几百人次。

7.上海翰林匾额博物馆的匾额收藏

上海翰林匾额博物馆收集的藏品分为七大类约1063方。其中清代状元有16方，翰林有100方，内阁大学士有16方。年代最早的为宋咸淳二年（1266），最晚的为民国三十年（1941）。面积最大的是310×85cm，最小的是80×40cm。博物馆现场展出的匾额是从近千方匾额中精心挑选出来的，其中有曾于乾隆二十五年任嘉定知县的胡相忠题写的"义笃恩周"，有乾隆三十五年任上海南汇知事的邱涟题写的"德齐陶孟"，还有曾在淞沪抗战中率军在上海汇山码头阻击日军的杜聿明题写的"事业从心"等匾额。

木匾历经风吹日晒，火灾战乱和人为破坏，存世者中清乾隆以前的已不多见，流传至今的多为晚清民国之物。为抢救和保护这一文化遗产，2004年，翰林馆还与复旦大学文化遗产研究中心合作成立了"匾额文化研究室"，成为国内首家研究匾额文化的专门机构。

8.奥林匹克体育文化品收藏

陈鸿康先生四十余年来，收藏了世界一百多个国家和地区的体育奖牌、奖章、奖杯、纪念章、体育摆件、竞赛秩序册、画册、签名球、体育器材、体育宣传画等物品八千余件，收藏范围之广、品种式样之多，在上海乃至全国实属罕见，被中国收藏家协会体育奖品纪念品委员会主任谷丙夫誉为收藏奖章奖杯全国第一人。

　　陈鸿康先生现任上海市老年体育协会体育文化收藏委员会副主任兼秘书长。在他的奥林匹克收藏品中，有奥运会会旗、队旗，有1936年在德国柏林举行的第十一届奥运会的金、银、铜质纪念牌，有日本东京1964年第18届奥运会纪念章，有墨西哥1968年第19届奥运会会章，有沙特阿拉伯亚奥理事会纪念章，有韩国汉城1988年第24届奥运会会标、吉祥物、纪念盘，有南斯拉夫萨拉热窝第14届冬奥会和特殊奥林匹克运动会纪念章等，而他收藏的世界各国奥委会的徽章和带有奥运会五环标志的各类徽章达两百多枚。他的"鸿康体育文化收藏馆"开馆以来参观者络绎不绝，已接待了一百多批、两万余人次。部分收藏品已应邀参加北京2008年世界奥林匹克运动会体育收藏品展览。

＞小朋友参观"鸿康体育文化收藏馆"

[四] 儿童游戏

在20世纪40年代到60年代之间，徐汇区内流行的儿童游戏有很多，如翻香烟牌子、造房子（又叫"跳方格子"）、打弹子、打菱角、丢手绢、捉迷藏、踢毽子、跳橡皮筋和老鹰捉小鸡等，都为广大少年儿童所喜爱。这些游戏有适宜男孩玩的，有适宜女孩玩的，有些则男女孩均可玩。

1. 老鹰捉小鸡

选一人当老鹰，一人当鸡妈妈，其他人当鸡娃娃。玩时，鸡娃娃按顺序一个扯住一个的衣后襟，最前的一个扯住鸡妈妈的衣后襟，鸡妈妈张开双臂护住鸡娃，而老鹰则千方百计捉小鸡崽儿。被捉须出局。以鸡妈妈能否护住鸡娃娃决定输赢。

2. 丢手绢

参加者面朝里围坐一圈，选一人丢手绢。丢手绢者在圈外随意将手绢丢在某人身后，其他人不许议论偷看。如果被丢者发现后，可执手绢追赶，丢手绢者被赶上则认输，罚演一个节目。如果被丢者没有察觉，丢手绢者跑一圈回到其背后，被丢手绢者则认输，罚演节目后任丢手绢者，游戏继续。原丢手绢者坐入空出的位子。

3. 捉迷藏

捉迷藏是孩子们喜欢玩的游戏，多人参加。选一位小朋友负责"捉"，其他人只管藏，再选一位小朋友充当中间人。中间人捂住"捉"的眼睛，让藏的小朋友迅速分散藏好，中间人喊："躲好了没有？"藏的人回答："躲好了！"中间人放开双手让捉的人去找。被捉住的人担任下一轮的"捉"。捉的人还可用布蒙住眼睛，其他人拍着手躲避，捉的人循声追逐。

4. 斗 鸡

俗称撞膝盖，可多人一起玩，但只能两人一组进行。玩时，以右手挽住左脚，左膝向前，右脚单腿立地，互相碰撞，左脚着地者为输。多人玩时，胜者再与另一组的胜者碰撞，以击败多人者为胜。

5. 造房子

　　用砖块或石子在平地上画上七个方格，标好七个数字，二人以上参加游戏，依次出场。出场者先用小石片抛向第一格，单脚跳动，触小石片向前，一格一格跳过。小石片不能压杠，脚跟不能踩杠，在一格内不许连跳两次，如果压杠、踩杠、连跳均属犯规。犯规须出局，等待下一轮次。跳完全部方格后，再将小石片抛在第二格内，跳入第

> 儿童游戏——造房子

二格后，再一格一格前进。依此类推，直至完成七格才算胜利。胜者背对房格将小石片从头顶往后抛，落在哪格那格即为胜者的"房子"，由胜者画上记号。此后，胜者跳至自己的"房子"时，可落脚休息，而别人则必须触小石片并越过别人的"房子"，否则就算犯规。最后以"房子"的多少定输赢。

6. 打菱角

　　打菱角这种游戏深为青少年的喜爱。菱角的作法是：将硬质的木材，用木工车床加工成上下两个圆锥的形状。上圆锥较尖并刻有纹路，目的是在打菱角时，让绳子旋绕其上。下圆锥较为平坦，在底部打入铁钉以支撑菱角的旋转。游戏时，先用绳子缠绕在上圆锥上，然后挥动绳子，驱赶菱角转动。持续转动时间最长的一方是胜利者。

7. 打弹子

即打玻璃弹子。可以说百分之九十以上的男性在小的时候都玩过这种游戏。好的玻璃弹子清澈透明，中间有四片色彩鲜艳的花瓣，叫四大金刚，中心有菊花形状图案，叫菊花芯。质量差的玻璃弹子叫"夜弹"。打弹子细分为四种玩法：

第一种玩法叫"老虎洞"。先在泥土地上挖五个直径5厘米大小的洞。参加玩耍的小孩用"猜东猜"（就是剪刀、石头、布）的方式来分出玩耍的先后顺序。玩时，站在洞的后面，向距离五个洞约十米左右的定位线抛扔弹子。最接近线的人第一个打，以此类推。抛扔出界的弹子，则要放在给第一个打者容易击中的位置。打弹子的规则为连击连中。如果没有成功地击中别人的弹子，则要让第二人击打自己的弹子。等到自己的弹子分别进入了五个洞之后，就可以升级为"老虎弹子"，即可以随便"吃"别人的弹子了。如果能将别人的弹子击出定位线外，就可以赢取别人的弹子了。

第二种玩法叫"大王弹子"。其玩法和规则与玩"老虎洞"差不多。但决定先后击打的方法不同。玩者要站在用二块砖头架起的斜坡后面，将弹子从高处扔落下来。下落的高度不同，弹子也会滚动不同的距离。谁的弹子滚动得最接近定位线，谁就先打。打时，用连击连打方式。先后击完放在王字线上的弹子，就是"大王弹子"。拥有大王弹子的玩者就有资格将别人的弹子击出定位线外取得胜利或赢得弹子。

第三种玩法叫打"圆圈弹子"。其玩法为先在地上画一个圆圈，在圆的中心放一粒弹子。参与者都要站在圆圈外向圆圈内击出弹子。弹子最接近圆心者先打。先打中圆心的弹子，才可以击别人的弹子，连中连打直到将别人的弹子击出圈外获胜。

第四种玩法叫"吃米字"。先在地上画一个米字格。离米字格10米左右画一条定位线，米字上置放9粒弹子。这种游戏一般是三人玩耍。先用"猜东猜"的方式分出玩的先后顺序，先后依次击打。只要先击中米字中央的弹子，就可以击中一粒赢取一粒。

8. 翻香烟牌子

早年的香烟牌子（因推销香烟而放置在烟盒内的小型画片）质地

优良，还印有各种人物、花鸟或风景等图案，因此深受少年儿童的喜爱。尤其是印有《红楼梦》、《三国演义》、《水浒传》、《西游记》中的人物绣像的香烟牌子更是少年儿童竞相收藏的宝贝。翻香烟牌子的游戏。其玩法是：先用手把香烟牌子按在墙上，然后松开。香烟牌子随即翻滚到地面上。能将香烟牌子翻得最远的人就是胜利者。胜利者可以把所有翻落在地上的香烟牌子占为己有。玩这种游戏的大多是小学低年级的学生。

> 香烟牌子

主要参考书目

1.《千年龙华》，林峰、张青华、马学强主编，学林出版社，2006年9月。

2.《上海市井》，李大伟著，上海文化出版社，2006年8月。

3.《龙华的传说》，刘敏、照诚编，上海三联书店，2006年6月。

4.《上海老房子的故事》，杨嘉著，上海人民出版社，2006年1月。

5.《弄堂怀旧》张锡昌著，百花文艺出版社，2006年1月。

6.《消逝的上海风景线》，薛理勇著，福建美术出版社，2006年1月。

7.《历史上的徐家汇》，周秀芬主编，上海文化出版社，2005年9月。

8.《上海通志》，上海通志编委会编、上海社会科学院出版社，2005年4月。

9.《张充仁纪念馆》，张充仁纪念馆·上海张充仁艺术研究交流中心编，上海人民美术出版社，2005年1月。

10.《上海传记》，罗苏文著，上海人民出版社，2004年12月。

11.《老上海石库门》，娄承浩、薛顺生著，同济大学出版社，2004年12月。

12.《上海名街志》，上海地方志办公室编著，2004年6月。

13.《上海老洋房》宋路霞著，上海科学技术文献出版社，2004年5月。

14.《徐汇文物》，上海市徐汇区文物管理委员会主编，2004年。

15.《上海民间工艺美术集粹》，高春明主编，《上海采风》杂志社，2004年。

16.《龙华》，张青华、朱百魁主编，广陵书社，2003年12月。

17.《上海都市民俗》，蔡丰明著，上海社会科学院出版社，2003年10月。

18.《租界里的上海》，上海档案馆编，上海社会科学出版社，2003年10月。

19.《上海名镇志》，上海地方志办公室编著，2003年8月。

20.《黄杨木雕第一家》，徐才宝、徐右卫编，上海古籍出版社，2003年8月。

21.《中西文化会通第一人》，宋浩杰主编，上海古籍出版社，2003年8月。

22.《名人名宅轶事》，黄国新、沈福熙主编，同济大学出版社，2003年4月。

23.《上海文化通史》，陈伯海主编，上海文艺出版社，2001年11月。

24.《上海名人辞典》，吴成平主编，上海辞书出版社，2001年2月。

25.《上海旧事》，沈家洲、傅勒著，学苑出版社，2000年6月。

26.《上海社会大观》，施福康主编，上海书店出版社，2000年1月。

27.《上海掌故辞典》，薛理勇主编，上海辞书出版社，1999年12月。

28.《上海百科全书》，上海百科全书编委会编，上海市科学技术出版社，1999年9月。

29.《老上海》，上海教育出版社，1998年12月。

30.《徐汇区志》，徐汇区志编纂委员会编，上海社会科学院出版社，1997年12月。

31.《徐汇文化志》，徐汇区文化局文化志编写组编撰， 1997年6月。

32.《龙华镇志》，吴春龙主编，上海社会科学院出版社，1996年12月。

33.《黄道婆研究》， 张渊、王孝俭主编，上海社会科学院出版社，1994年12月。

34.《龙华乡文化志》，丁洪泉主编， 1992年。

35.《海上名刹龙华寺》，范能船著，上海书店出版社，1992年。

36.《林曦明剪纸集》，林耀深著，上海三联书店，1990年9月。

37.《上海辞典》，上海地方志办公室编，上海社会科学院出版社，1987年10月。

38.《孤岛见闻》，陶菊隐，上海人民出版社，1979年11月。

《民俗上海》经过两年多的努力，终于出书了。我如释重负，把心放下了。下面我简单交代一下成书的过程。

2004年7月底，我从上海社会科学院院长岗位上退下来，当时给自己提了两个问题：一是作为一个生命个体继续存在的价值在哪里？二是今后的路怎么走下去？答案是在自己力所能及的范围内发挥余热，应当和还能做几件对社会有利有益的事。

正巧许明研究员和我商量成立民办研究机构(NGO、非官方非营利的机构)，我欣然同意，又商量这一机构成立后，做什么事。我提出编一套上海民俗文化丛书。

为什么有这一"理念"。

我想，直接推动力是上海2010年要举办世博会；其次是考虑自己的条件和分析过去哪些事情没有做好，今天可以做得成的。

大家知道，上海是人文荟萃之地。松泽已发现6000年前的"上海人"化石；元代建制后800年以来，上海作为长三角的重要出海口，逐渐成为江南经济、文化的中心；近一百五十年来，上海成为中国移民最多的都市，凝聚着丰富的民俗文化遗产。然而相对于外地，上海的民俗学严重滞后。上海目前不仅没有一个民俗学刊物，而且已完成多年的上海市、区、县的民俗志至今未出版。问题在于上海文化界与学术界对丰富而有特色的上海民俗文化缺乏应有的重视。民俗文化的整理和挖掘并给予充分的展示，无疑将有利于提高上海人对上海的认同，也有利于在国际交往中展现上海文化总体形象和文化品格。我希望上海民俗文化丛书出版这一基础性建设工程的完成，成为世博会期间展示上海软实力的重要方面。

今天，民俗文化在国际交往中具有重要作用。如在2003年上海召开"亚洲银行会议"时，上海民间艺术家协会组织了五种上海本土的民俗表演项目，受到外宾的热烈欢迎。2003年，上海率团到加拿大申请世界园艺会，上海的民俗表演使当地的观众激动得站在椅子上欢呼。

近二十年来，"文化寻根热"遍及全球，对本土民族原创性文化的珍视，是民族自尊与创造力的一种表达方式。因此，在国际重大活动如奥运会、世博会中，举办国会千方百计展示本土的原创性

文化，如汉城奥运会的开幕式以鲜明的韩民族文化给世人留下深刻的印象，悉尼则以有悠久历史的土著文化成为其展示的主题。大阪世博会也是一个成功的典型，以其鲜明的大和民族的文化展示给世人。意味深长的是，大阪世博会别的没留下，唯有建在万博公园的大阪国立民族学博物馆不仅留下而且成为大阪城市的标志性建筑，更重要的是成为展示日本民族与世界各民族的民俗展示地、世界文化人类学（民俗学）的学术交流中心与博士生的培养基地。

成功经验证明，世博会在显示国家总体形象时，不仅是经济和科技领域的展示，而且更重要的是文化品格的显示。而民俗是民族最普遍也最有特色的文化形态。

于是，我们就下决心做这件大事情。而根据自身的条件，也许是可以做成的。

在2004年10月，我们召开专家组会议。参加者都是上海研究民俗学的知名学者。同时，组成编委会，人员是各区县宣传部长。因为绝大部分宣传部长我都认识，他们说，老部长想做这件对上海、对文化建设和发展都有利的好事，我们支持。

2004年第四季度，先后讨论了三次分别由蔡丰明、王宏刚和仲富兰三位专家提交的提纲。在此基础上形成了与现在大体相同的框架结构。

当时我们讨论就明确：

丛书是上海各区、县第一套民俗文化专集。它不仅是外地游客了解上海各区、县民俗的导游书，让他们从中体会到当地人的生活

一九三

总后记
徐汇卷

智慧与文化创造力，而且，应该成为区、县今天与明天的文化产业、旅游产业发展的基础性参考书。丛书不是一般意义上的民俗志和地方志，虽然整体框架仍要反映各区、县的全貌，但重点在特色，要突出当地的特色民俗，要选择有历史文化底蕴的民俗事项，特色部分要详细、有质感；对民俗事项有透彻理解作用的历史渊源要有简明的追索。丛书的行文与民俗志有区别，面向大众，力争行文流畅，文字优美，每一事项力争配有代表性照片，包括一部分珍贵的老照片，努力做到图文并茂。丛书的基础性资料要依靠当地人，当地人写当地事，自然会有一种历史责任心，也容易写得比较深入。各卷主编要有驾驭全局的能力，抓进度抓质量。要重视调查，内容之一是对一些将要消亡但有重要文化价值的民俗事项，如金山的渔村民俗，它将会引起国际学术界与海外游客的关注，这方面的资料搜集将填补上海民俗研究的空白。调查、写作过程中要有长远眼光，对某些有丰富内容的民俗专项，如南汇的锣鼓书，松江的顾绣，嘉定的竹刻、草编，金山的农民画、黑陶等，因本丛书篇幅限制不能展开的，应及时积累资料，可以考虑下一步从上海市的角度出版专集。丛书要有新意，要强调科学性，完成的稿子要与当地人一起核准，要使这套民俗文化丛书经得起历史推敲。经过讨论，大体上框定每一卷是十万字加一百幅照片的篇幅。

兵马未动，粮草先行。

各区县在经费上给予了支持，真是十分感谢。2004年几个区县的第一批资金到位了，使工作顺利开展。那年年底，在一璀同志、

仲伟同志找我时，我汇报了这件大事，他们表示赞同和支持。接着我又向各区委县委书记写了一封信，专门作了汇报。我在信中说：这是我多年来的心愿，在我有生之年能发挥余热，完成这件事情，为上海作点贡献，算是圆了一个心愿。希望得到您的大力支持！这里还要感谢郝铁川同志，我也向他汇报了这一不算浩大、也是不小的"文化工程"。得到了他的支持，并拨款作为专项资助。

2005年夏天，在浦东，由当时田赛男部长(现任副区长)做东，再一次召开联席协调会，部署全面启动。

丛书由上海文化出版社出版是2005年的夏天定下来的。当时我和陈军（他是资深出版人）一起同陈鸣华聊了一次。陈鸣华是一位年轻有为、有创新理念、又有实际操作能力的总编辑。过去知道他，但不熟悉。他很有思想，关键是不随波逐流。看了一点该社出过的书，决定请他们出版社做。他配备了很强的编辑队伍，李国强、沈以澄、黄慧鸣、吴志刚等等。特别是李国强先生，他是出版社的编审、资深编辑，策划丛书的整体出版运作，办事认真细致，负责尽心。陈军在出版方面帮了我不少忙，还有杨晓玲、陈骅也参与了组织协调工作，沈缨为这套书的出版工作做了大量细微的联络工作，在此也一并感谢。

说实在的一年多来，我去出版社不会少于十次。从内容到版式，从封面到装帧，都详细讨论。最后要说的是，这套书的总书名也是在上海文化出版社总编室里讨论形成的。我见到他们出版有一套丛书叫《乡俗中国》，受此启发，我说我们这套书的总书名就叫

一九五

［总后记］

徐汇卷

《民俗上海》，在这一总书名的统摄下，各区县分卷出版。

　　总之，没有方方面面的支持和协作是绝对完成不了这一大工程的。两年多来甘苦很多，感受颇深。有时候真是厚着脸皮和各路神仙商量事情，为社会做好事，真不容易。社会关系，本来就是在社会角色的转换中不断变化着。你认为，你做的事最重要；在人家那里不过是小事一桩。所以，你想做，就要有各种思想准备，不要怨天尤人，只能反思你的最初的选择对还是不对！是啊，在生活中，本来就无法回避种种痛苦和矛盾，但只要有了明确目标，那辛劳也是有意义的，也会是幸福的。

　　书稿接近完成之际，又得到了令人欣慰的消息：《民俗上海》系列由上海文化出版社分别报送《"十一五"期间上海重点图书出版规划》和《"十一五"期间国家重点图书出版规划》，均获通过。看来我们还是在努力为自己的思考交出答卷，至少做了比较扎实的基础性积累工作，至于进一步深度开发，留给别人去做吧！

　　再一次谢谢帮助我、支持我的所有朋友，愿他们身体健康，事业有成。

尹继佐

2006年10月12日

本卷顾问　　　蔡立夫　　陈澄泉　　田兆元

本卷特邀编辑　李家麟　　毕旭玲　　宋艳萍　　郑懿雍

图片、文字提供　欧晓川　　高兴林　　刘之健　　俞思扬　　冯联清　　饶第阳　　张民福

　　　　　　　孙继海　　林伟成　　张永章　　许煋华　　陶建幸　　周永林　　朱新民

　　　　　　　许彬文　　陈宇玲　　沈志才　　乔月明　　胡晓海　　胡文明　　吕振德

　　　　　　　矩　阵　　刘德亮　　龚家坤　　吴春龙　　朱百魁　　陈敬友　　张剑杰

　　　　　　　陈达新　　龚　政　　马晓红　　徐　飞　　乔荣兴　　张卫康　　何宝林

　　　　　　　罗锦芳　　邱新隆　　刘志敏　　李健宏　　代　茜　　梁镜波　　高　敏

　　　　　　　朱玉娣　　杨妮蓉　　付建军　　张　蕾　　罗秋英　　阮克猷等（并向

　　　　　　　一些未注姓名的图片、文字提供者致谢）

图书在版编目 (CIP) 数据

民俗上海·徐汇卷／章卫民、吴秋珍主编．—上海：上海文
化出版社，2008.8
（民俗上海）
ISBN 978-7-80740-165-0

Ⅰ．民… Ⅱ．①章…②吴… Ⅲ．风俗习惯－徐汇区
Ⅳ．K892.451.3
中国版本图书馆 CIP 数据核字（2007）第 076773 号

出版人
陈鸣华
责任编辑
李国强
装帧设计
汤靖

书名
民俗上海·徐汇卷
出版发行
上海文化出版社
地址：上海市绍兴路 74 号
电子信箱：cslcm@public1.sta.net.cn
网址：www.shwenyi.com
邮政编码：200020

印刷
上海丽佳制版印刷有限公司
开本
889 × 1194 1/24
印张
9 2/3
版次
2008 年 8 月第 1 版　2008 年 8 月第 1 次印刷
印数
1–3,210 册
国际书号
ISBN 978–7–80740-024–0/K · 149
定价
49.00 元

**告读者　如发现本书有质量问题请与印刷厂质量科联系
T: 021-64855582**